策划单位

杭州市西湖区档案馆

# 潮声回响

## 杭州第19届亚运会开幕周年记

# ECHOES OF THE TIDE
## MARKING THE 19TH ASIAN GAMES HANGZHOU 2022

孔一 ● 著

ZHEJIANG UNIVERSITY PRESS
浙江大学出版社
·杭州·

**图书在版编目（CIP）数据**

潮声回响：杭州第 19 届亚运会开幕周年记 / 孔一著.
杭州：浙江大学出版社，2024.10. -- ISBN 978-7-308
-25385-7

Ⅰ．I227

中国国家版本馆 CIP 数据核字第 2024R8Z024 号

## 潮声回响——杭州第19届亚运会开幕周年记
孔 一 著

| | | |
|---|---|---|
| 策　　划 | 吕　佳　黄静芬 | |
| 责任编辑 | 黄静芬 | |
| 责任校对 | 杨诗怡 | |
| 封面设计 | 杭州林智广告有限公司 | |
| 出版发行 | 浙江大学出版社 | |
| | （杭州市天目山路148号　邮政编码310007） | |
| | （网址：http://www.zjupress.com） | |
| 排　　版 | 杭州林智广告有限公司 | |
| 印　　刷 | 杭州宏雅印刷有限公司 | |
| 开　　本 | 880mm×1230mm　1/32 | |
| 印　　张 | 7 | |
| 插　　页 | 8 | |
| 字　　数 | 130千 | |
| 版 印 次 | 2024年10月第1版　2024年10月第1次印刷 | |
| 书　　号 | ISBN 978-7-308-25385-7 | |
| 定　　价 | 68.00元 | |

杭州第 19 届亚运会开幕式演出场景（张友国摄）

杭州第 19 届亚运会闭幕式演出场景（张友国摄）

杭州第 4 届亚残运会开幕式演出场景（童佳琦摄）

杭州第 4 届亚残运会闭幕式演出场景（张友国摄）

2

"惊涛骇浪"（张友国摄）

"踏浪而行"（张友国摄）

亚运数字火炬手"弄潮儿"点燃亚运圣火（张友国摄）

"金桂之江"泛开来（张友国摄）

"潮涌"（童佳琦摄）

璀璨的"数字烟花"映照夜空（孔一摄）

"繁星"（童佳琦摄）

杭州第 4 届亚残运会赛事总指挥部开闭幕式指挥中心部分保障人员在亚残运会闭幕式演出结束后合影留念 （王毅摄）

相知无远近，万里尚为邻（孔一摄）

迎接八方客，共赴亚运会（童佳琦摄）

光彩照人（张友国摄）

青春飞扬（张友国摄）

黄龙体育中心体育场静待比赛（杭州市西湖区档案馆提供）

"西湖阿姐"赛场服务（杭州市西湖区档案馆提供）

"西湖阿姐"参加杭州第19届亚运会闭幕式（杭州市西湖区档案馆提供）

高尔夫球场喜迎比赛（杭州市西湖区档案馆提供）

上、下图：杭州第19届亚运会赛事总指挥部开闭幕式指挥中心总体策划专班的伙伴们

（王毅摄）

上图：杭州市医疗保障局抽调的精干力量服务保障亚运会开闭幕式（王毅摄）

下图：杭州第19届亚运会赛事总指挥部开闭幕式指挥中心办公室的伙伴们

（王毅摄）

我的亚运记忆：证件

我的亚运记忆：节目单、门票

我与我的亚运服务工作伙伴（钱振宇摄）

# 不一样的潮声

## 代　序

　　潮水走了又来，年年岁岁，但每一年都有不一样的潮声。

　　年初，我有幸受邀参加孔一的新书《春山可望——看见农村共同富裕的未来》发布活动，同时受邀的还有省内几位评论家，大家对孔一的作品赞赏有加。活动非常成功，我也作了简短发言。活动之余聊天，他说他在尝试写诗歌，让写作的经历更加丰富一些。我当然赞成我们这个队伍里能多出这样一位有激情、有内涵的作者。我们还聊起去年杭州成功举办亚运会，他是亲历者、见证者，感触非常多。他说他正在为杭州第19届亚运会开幕周年写一部长诗，希望以此向亚运会献礼。我当时表示赞赏，但很快就忘记了这件事。令人没想到的是，一段时间之后这一部长诗就出来了，他邀我作序，着实令我惊讶。

　　细读了孔一的长诗，我一下子就有了很多感受。第一是情感真挚，字里行间表达出对杭州的深厚情感，这种情感是发自内心的、真诚而热烈的，让人能立刻感受到作者对杭州、对亚运、对祖国的热爱和敬意。第二是主题突出，点明写作的主题是歌颂杭州、回忆亚运，在亚运开幕一周年之际，让读者对杭州亚运会有了鲜明而清晰的认知。第三是语言有力，生动、富有感染力的语言运用，恰当的比喻、排比、象征等修辞手法，增强了诗歌的表现力和吸引力。第四是简洁明了，诗句没有冗长和复杂的表述，力求简洁清晰地传达出关键信息和核心情感，让读者能够快速进入阅读状态。第五是文化底蕴深厚，引用历史典故、诗词名句或经典的文化符号，展现杭州及杭州亚运会丰富的文化内涵。第六是歌颂时代，结合中国当下尤其是杭州的发展和成就，体现出我们国家在新时代的勃勃生机和快速发展。第七是引起共鸣，对杭州、对亚运的清晰描写，反映出我们的所看、所听和所想，引起读者的共鸣，激发他们对祖国、对杭州的热爱之情，促使读者更有兴趣去阅读后面的长诗。第八是尊重历史，在描述杭州的辉煌成就和伟大历程时，基于历史和现实，具有极高的准确性和可信度，为杭州添彩、为亚运增辉，打造杭州品牌、浙江品牌。总结起来，这部作品展现出赞歌、曼舞、激情、希望等基调。通过这部作品，孔一将杭州亚运会的来龙去脉讲得清清楚楚，将杭州的历史也讲得明明白白。杭州是世界上少有的风景之城、人文之城和幸福之城，太多的故事太多的魅力值得诉说和传播，太多的经典太多的梦想需要传承和延续，这部讲述亚运会的长诗对杭州来说很有意义。

如果要定义，那么《潮声回响——杭州第19届亚运会开幕周年记》应该归类为长篇叙事抒情诗。这么长的诗，没有充沛的情感是写不出来的；这么大的题材，没有经历、没有格局也是写不出来的。孔一曾经是一位保卫祖国的军人，他之前的报告文学、散文随笔，总有一种苍茫深邃的生命意识和薪火相传的历史意识。那是一种在茫茫戈壁才有的悲悯情怀。辽阔悠远的文字时空，以及明快灵动、绵绵不绝的语言，造就了孔一文学作品中独特的艺术魅力。深入接触下来发现，生活中的孔一，宽厚、善良、诚恳。热爱生活、热爱工作，待人以诚，包容内敛，对待文学有着火一样的激情。他把青春献给了边疆，也献给了杭州。把自己最炽热最深沉的爱，献给了祖国，他已经和杭州这个城市深深地融合在了一起。这部长诗再一次阐释了孔一的生命意识和家国情怀，是一位作家的阳刚与豪迈、赤诚与激昂、多情与深情的生动展示，是当代士人的生命之舞、灵魂之歌。

感谢孔一写下这部回忆亚运赞美杭州的长诗。通过诗中磅礴优美的文字，我们再一次记住了亚运、记住了杭州！让我们用孔一诗歌的力量，文字的力量，唤起每一位中华儿女对祖国的热爱与敬意，在祖国的怀抱中我们感到更加温暖和幸福，愿祖国繁荣昌盛！

潮来潮往，在杭城的每一段岁月，都留下了不一样的潮声。愿孔一继续努力，写出更好的作品。

是为序。

许春波 [①]

2024 年 6 月 10 日

---

① 序作者为中国作家协会会员、诗人。

# 目　录

# 潮声回响

我曾无数次

站在钱塘江大堤上

聆听着远处

传来的潮声

鸣声如雷

目睹汹涌的潮水

扑面而来

转身而去

飞珠溅玉

钱江潮啊

你奔涌的姿态

有如万千战马奔腾

又如万千白蝶漫卷

交错之际

像鱼鳞

闪金光

猛回头

成一线

潮起潮落


你是狂野的

也是温柔的

你是锋利的

也是和缓的

你是挑剔的

也是包容的

你是热烈的

也是清冷的


钱江潮啊

你涌起的每一个潮头

发出的呼啸声

冲击着我的灵魂

那是太阳和月亮

陷入了爱情的旋涡

那是大海深处缓缓

刮起的风在惹祸

那是远处细细的白点点

变成近处长长的银色线

那是后浪推动前浪

一浪接着一浪

排山倒海

勇往直前

义无反顾

奔腾不息

序

诗

## 潮涌杭州

2023 年 9 月 23 日
那一天和那一天之前
我的思维
我的胸襟
我的眼界
一直停留在
看浪就是浪
看涛仍是涛
看潮还是潮

那一天
是第六个中国农民丰收节
金风玉露桂花香
谷满仓
那一天
正是钱江观潮的好时机
那一天
是杭州第 19 届亚运会
开幕的大喜日子
美丽杭州丹桂飘香

浪漫西湖烟雨蒙蒙

高架桥两侧

娇艳的月季花

在为千年古都绽放

钱塘江两岸

璀璨的霓虹灯

在为千年古都点亮

亚运村里

运动健儿们

在为千年古都喝彩

杭州世纪中心双子塔的顶端

向天空遥射的光束

在为千年古都传书

"大莲花"① 场内

火炬塔傲然挺立


为了那一天的见所未见

杭州豪情万丈

挺起火焰一样炽热的

胸膛

---

① "大莲花"是杭州奥体中心体育场的俗称。

为了那一天的闻所未闻

杭州渴望荣光

我们一起欣赏

千年古都呈现的辉煌


那一天

线下与线上联动参与

那一天

现场与直播同时呈现

那一天

我如此幸运如此幸福

那一天

我坐在"大莲花"的看台

那一天，我看见

钱江潮涌悄然等待奔放

那一天，我看见

领袖挥手瞬间掌声如潮

那一天，我看见

代表团入场桂花香满地

那一天，我看见

燃起的数字烟花 ①

带来亚运的高光时刻

那一天，我知道

观众热情迸发

亚运数字火炬人

踏潮腾空起

跨越钱塘江

飞身抵达 "大莲花"

在光影映照下

亚运数字火炬人的矫健身姿

沿着网幕向主火炬塔方向

大步奔跑

那一天，我看见

开幕式的现场

是欢乐的海洋

观众的热情被点燃

与万众瞩目的火炬人

同向奔赴

虚拟世界与现实世界

真情相拥

① 杭州亚运会燃放数字烟花，通过高科技手段的叠加运用得以实现。

游泳奥运冠军汪顺

与亚运数字火炬人"弄潮儿"

共同点燃亚运圣火

那一刻

时空消融心灵相通

虚拟世界与现实世界

同频共振

亚洲风采绽放出

耀眼的光芒

钱塘江潮起

相约"大莲花"

现场观众说

那是国风之潮

杭州市民说

那是自然之潮

亚奥理事会官员说

那是科技之潮

运动员们说

那是体育之潮

产业工人说

那是数字之潮

潮起亚细亚

相约"大莲花"

手和手相牵

心和心相约

在北京

在广州

点燃过的亚运圣火

生生不息

这一次

在杭州

亚运圣火

第三次在中华大地上

熊熊燃烧

同呼吸

同感受

同梦想

同爱

同在

同分享

生命温暖生命

力量激发力量

亚运会主题曲的旋律

在"大莲花"上空

久久回荡


那一天

还有那一天之后

时代阔步前行

发展永不停歇

那一天

还有那一天之后

西子湖畔烟波浩渺

《同爱同在》的旋律

在缓缓游动的画舫中响起

钱江两岸潮声重现

《同爱同在》的旋律

在奔涌向前的浪花里响起

金沙湖边金色沙滩

《同爱同在》的旋律

在群众性文化活动中响起

市民中心城市阳台

《同爱同在》的旋律

在党群服务中心的活动中响起

是啊

这个旋律

在我的脑海里

一遍又一遍

一遍又一遍

循环地播放

直到

沉醉其中

不知归路

直到

一年后的

一个上午

我打开电脑

思绪顺着键盘的敲击声

回到亚运

我任由思绪如潮水般流淌

潮声在心中回响

第一乐章

精准的回答

## 幸运杭州

如果说

一个生命的

风华正茂葳蕤繁祉

需要时间和经验的沉淀和积累

那么

一座城市的

独特韵味别样精彩

就需要机遇的垂青和不懈的奋斗


东南形胜

三吴都会

钱塘自古繁华

迈入新时代

跨越大发展

杭州充满活力

杭州大气开放

杭州产业兴盛

杭州协调发展

杭州美丽宜居

杭州人文荟萃

杭州共享共富

杭州幸福和谐

今天的杭州

是世界的杭州

今天的杭州之所以

成为世界的杭州

是因为啊

杭州是一座幸运的城市


她幸运

是因为她经历了

1000 多年的宋韵文化

2000 多年的西湖文化

2500 多年的运河文化

5000 多年的良渚文化

还有大约 8000 年的跨湖桥文化

这些都给予了这座城市

长久的滋养


她幸运

是因为她拥有

西湖

大运河

良渚古城遗址

三处世界文化遗产

长久绽放出的历史文化光芒

为杭州的茁壮成长

繁荣昌盛

积淀了中华民族

最深沉的精神追求

注入了中华民族

最根本的精神基因

形成了中华民族

最独特的精神标识


她幸运

缘于她的独特气质

过去

杭州是那么

温婉多情

文质彬彬

刚柔相济

如今

杭州又具有那么多特色

传统 + 现代

文化 + 创新

基础 + 科技

底蕴 + 新潮

不失江南风韵

中国特色

兼具时代风采

国际风范

曾记否

700 多年前

意大利旅行家

马可·波罗给予的赞誉

"世界上最美丽华贵之天城"


杭州是个幸运儿

历届党和国家领导人

高度重视杭州的发展

特别是党的十八大以来

杭州迎来了新的

重大的历史发展机遇

第一个重大机遇

G20 杭州峰会的召开

杭州

既充满浓郁的中华文化韵味

也拥有面向世界的宽广视野

呈现给世界

一份别样的精彩

杭州

中国历史文化名城

从白居易到苏东坡

从西湖到大运河

杭州的悠久历史

文化传说

引人入胜

杭州

创新活力之城

电子商务蓬勃发展

点击鼠标

联通的是整个世界

杭州

生态文明之都

山清水秀

晴好雨奇

浸透着江南韵味

凝结着世代匠心


是啊

正是 G20 杭州峰会

这一时代的

历史的机遇

重大的利好

让杭州魅力四射

让世界凝望中国

注视杭州

追随 G20 杭州峰会的脚步

人们都知道杭州

在中国的江南

在世界的东方

杭州从二线城市

跃升为准一线城市

杭州从中国人眼里的天堂

变成举世瞩目的中心

杭州与世界的距离

从来没有如此之近

古人最忆是杭州

天下从此重杭州


第二个重大机遇

杭州第 19 届亚运会的举办

纵览杭州发展史

从没有像今天这样

张开臂膀

拥抱亚洲

融入世界

历史机遇面前

杭州用发展中的智慧

加快城市建设的步伐

杭州用发展中的经验

孕育战胜未知的力量

杭州用发展中的节奏

瞄准正在建设的目标

杭州用城市的温暖

温暖世界

杭州用城市的大气

凝聚豪气

杭州用城市的开放

充分赢得世界的赞誉
杭州用城市的成长
保证亚运的成功举办

## 守诺杭州

2023 年 8 月

中华人民共和国主席习近平

在给美国华盛顿州

美中青少年学生交流协会

和各界友好人士的复信中指出

中国政府和人民充满信心

将在杭州

举办一届精彩纷呈的亚运会①

这既是重要指示

又是庄严承诺

大国之诺

重于泰山

伟大祖国

历来都是

言必信

行必果

---

① 新华社. 习近平复信美国华盛顿州"美中青少年学生交流协会"和各界友好人士
[EB/OL]. （2023-08-20）[2023-11-01]. https://www.gov.cn/yaowen/
liebiao/202308/content_6899143.htm.

为了这个庄严承诺

浙江省委

杭州市委

把领袖的殷殷嘱托

牢记心间

把它当成光荣的政治任务

把它当成发展中面临的

重大历史机遇

把它当成全省人民

最热切的期盼

举全省之力

扛起千钧重担

以功成不必在我

功成必定有我的

崇高的境界

让举办一届成功的亚运会

成为浙江的

杭州的光荣使命

在轰轰烈烈

而又不知不觉中

全省全市行动

恰如

一滴滴雨

一缕缕风

一道道光

融入 2900 多个日夜的

筹办举办进程里

融入浙江人的

百年千年里

融入杭州人的

血液脉络里


在此之前

举办一场大型综合性体育赛事

一直是杭州孜孜以求的梦想

杭州在铆着劲努力

杭州在积极地争取

曾经两次参与过

全国运动会举办权的角逐

也曾经参与过

全国城市运动会举办权的角逐

结果事与愿违

努力化为泡影

杭州铩羽而归

杭州无缘举办

然而

杭州从未放弃

杭州要用行动

向目标前进

来证明自己

此后

杭州一边在蛰伏

杭州一边在准备

杭州一边在寻觅

杭州一边在等待


杭州亚运会是亚洲的大事

如何全面深刻把握

举办一届成功的亚运会

所包含的丰富内涵

如何融入

宏大的时代场景

如何展示

独特的东方韵味

如何传递

鲜明的价值追求

成为强烈的期盼和梦想

要把一届成功的亚运会

作为向世界展示

中国大国形象的重要窗口

作为促进国家发展

振奋民族精神的重要契机

作为中国建设体育强国

征程中的标志性事件

作为高质量发展建设

共同富裕示范区的重要篇章

这次就是要实现

高标准的成功

高水平的成功

无与伦比的成功

精彩绝伦的成功


从申办成功的那一刻起

杭州便坚定地践行着

一座负责任的城市的诺言

与亚奥理事会

全面合作

遵守承诺

践行议程

把杭州亚运会

办成一届史无前例的

绿色的

智能的

节俭的

文明的

体育盛会

承诺掷地有声

杭州志在必得

有人说

这届亚运会的筹办举办

极为艰难

有人说

这届亚运会的筹办举办

一波三折

是啊

杭州面临的风险挑战

前所未有

那是世界百年

未有之大变局

叠加新冠疫情的巨大挑战

从 2022 年的中秋之约

到 2023 年的秋分之诺

杭州

坚守申办初心

坚定筹办定位

坚强举办信心

以体育促和平

以体育促团结

以体育促包容

胸怀"国之大者"

杭州坚决以

强担当

高标准

严纪律

全力以赴

投入亚运大考中

挑战中的杭州

不畏艰难努力拼搏

下好先手棋

打好主动仗

坚持底线思维

坚持问题导向

力求把困难估计得

更充分些

力求把风险思考得

更深入些

杭州克服了

令人难以想象的困难

杭州展现了

诚信文化高地的自信

杭州用真诚书写善良

杭州用努力塑造刚强

杭州用行动证明伟大

杭州用付出诠释奉献

杭州用品格解读崇高


杭州充分表达着

自己的决心

任何艰难困苦

都不能阻挡杭州

筹办举办亚运的决心

守诺的杭州坚持以

一流的精神

一流的标准

一流的状态

一流的干劲

为世界呈现一场具有

中国特色

浙江风采

杭州韵味

精彩纷呈的

体育文化盛会

杭州坚持做到

精益求精

万无一失

只留经典

不留遗憾

杭州让世界透过亚运窗口

领略新时代中国

推动高质量发展

促进共同富裕的美好图景

杭州为亚运会贡献力量

书写亚运历史上

动人的杭州篇章

第二乐章

精彩的回忆

## 魅力杭州

有人说

一个好的开幕式

是大型运动会成功的一半

有人说

杭州亚运会开幕式

是我见过的

最有魅力的开幕式之一

有人说

杭州亚运会开幕式

是向世界

献上的现象级的开幕式


青春的舞动

热烈的欢呼

唯美的画面

精彩的瞬间

伴随着现场观众

齐声欢呼

"10、9……

5、4、3、2、1"时

涌起的惊涛骇浪

瞬间从地屏中心

向四周猛烈扩散

玉鸟① 掠过苍茫大地

在惊蛰衔来美好希望

神秘的良渚神徽

古城遗址

在思接千载的

历史回眸中　去唤醒

良渚文明之光

杭州

在这个恰逢其时的

秋分时节

以独具中国特色

中国风采的仪式

具有杭州意蕴的浪漫

迎接八方来客

共赴亚运盛会


从文明之光

到秋分之境

---

① 玉鸟，良渚反山、瑶山遗址出土的文物，立体雕琢，形态生动，寓意吉祥。

从良渚印记

到金桂飘香

杭州亚运会开幕式

诠释着质朴浓烈的

欣喜和收获

张扬着灿烂蓬勃的

生机和活力

为现今世界烙下

隽永深刻的中国印记


欢快的音乐响起

吉祥物"江南忆"① 跳跃而出

伴随运动员入场

转眼间

地屏画面切换成

一条熠熠生辉的

金桂之路

半空中

金桂飘落香满溢

---

① 杭州亚运会吉祥物是一组承载深厚底蕴和充满时代活力的机器人,组合名为
"江南忆",名字出自唐朝诗人白居易的名句"江南忆,最忆是杭州",融合
了杭州的历史人文、自然生态和创新基因。

地屏上

金桂绽放光芒耀眼

网幕上

亚洲 45 个国家和地区的

中英文名称和城市风光

汇聚成一幅幅多姿多彩的长卷

营造出盛迎四海宾朋的氛围

杭州动情地表达着

朋友相聚的欢愉

四海相逢的情谊


五星红旗迎风飘扬

胜利歌声多么嘹亮

伴随《歌唱祖国》的

激昂旋律

身着蓝白色"星耀"礼服亮相的

中国体育代表团入场

神采飞扬

精神振奋

微笑互动

欢呼声此起彼伏

神圣而又激动人心的时刻来临

中华人民共和国主席习近平宣布

杭州第 19 届亚洲运动会开幕

铿锵有力的话音落定

璀璨的数字烟花

沿着莲花碗壁

腾空而起

绽放在"大莲花"的上空

从七甲河到杭州国际博览中心

从"小莲花"①到钱塘江两岸

映照着整个夜空


水墨入诗画

国风男子挥毫泼墨

绘就山水画卷

风雅钱塘美丽呈现

烟雨染江南

宋韵女子清雅秀丽

芭蕾舞动心弦

文明交相辉映

---

① "小莲花"是指杭州奥体中心网球中心。

灯火照耀古今

京杭大运河

流淌千年

一岸为古代

浙派风貌

亭台楼阁

展现古韵风姿

一岸为现代

城市建筑

高楼林立

万家灯火

洋溢时代气息

大运河奔流千里

灯笼承载心愿

融汇为点点星河

流向远方

光影变化

潮流涌动


一朵朵翻腾的浪花

涨为盛大秋潮

高空中

飞旋的演员

与潮共舞

踏浪而行

地面上

"弄潮儿"

激流勇进

勇立潮头

成就科技与艺术的

完美融合

大潮退去后

广阔的滩涂上

生长出壮观的"潮汐树"

宛如一幅天然水墨画卷

潮起潮落

循环往复

潮水"灌溉"着大地之树

带来生生不息的生命律动


波涛汹涌迅猛扩散

吉祥物"江南忆"

破水而出

黄色的"琮琮"

绿色的"莲莲"

蓝色的"宸宸"

欢快地弹奏起

圆形"水浪钢琴"

激活了象征着数字赋能

杭州城市建设的"芯片面板"

六百余根数控光源棒

瞬间被点亮

与钱江浪潮

交融相生

浪涌翻滚

气势如虹

光影变幻

一条流光溢彩的田径赛道

从浪潮中延伸出来

运动健儿你追我赶

体育的魅力尽显

东亚的体操

南亚的板球

东南亚的藤球

趣味横生

活力四射

掀起亚洲运动新篇章

观众席里

三个吉祥物

与现场观众击掌互动

全体观众化身

一朵朵"浪花"

欢呼声中

一簇一簇的浪潮涌起

一个全场共赴的

群众体育嘉年华

让火热现场再掀高潮

全场观众

热血沸腾

心潮澎湃


水

小溪

小河

大江

大海

苕溪

甬江

瓯江

婺江

曹娥江

钱塘江

凡是水流经过的地方

泽被生灵

孕育着人类文明

地屏上的舞者

化身"白鹭精灵"

翩然起舞

游走在山水之间

轻盈的步伐

踏寻出一幅

绿水青山就是金山银山的

生态画卷

人与其他生物

和谐相处

生灵万物

相携共生

水光瀑布

疑似星河

向下倾落

光彩照人

展现出人与自然

和谐共生的

中国式现代化之美

艺术化地演绎着

新时代中国人民的

激情与热爱

徐徐展开全体人民

共同富裕的

现代化幸福图景

人们的面貌与风采

洋溢在山河远阔的

人间烟火里

他们的一颦一笑

表达着对美好生活的期盼

他们的一举一动

展现出对共富梦想的

向往和践行

他们的点滴生活

传达出人民的幸福感与获得感

一转眼

"金桂之江"泛开来

舞台定格在

"大莲花"全场

呈现出

和平安宁的

共同繁荣的

亚洲朋友圈

印度

菲律宾

日本

印度尼西亚

泰国

伊朗

韩国

中国

卡塔尔

举办过亚运会的九个国家

地标轮廓

清晰可见

平面化变成立体化

一座亚运之城

应景而生

拔地而起

见证了漫长的

亚运历史


印度尼西亚的加美兰

印度的西塔尔

中东的纳伊

……

民族器乐共鸣合奏

释放出"友谊无国界"的呼唤

歌声高潮起

猛然间

观众席中

近百扇幸福之门

同时开启

歌声响起

万人大合唱开始

现场的每一位观众

都成为开幕式的"主角"

地屏与网幕

美景虚实间

山水人文相映成趣

"金桂之江"绵延悠长

人民对美好生活的向往

转换成杭州发往世界的

诚挚邀约

在动听悦耳的歌声中

在动人曼妙的舞姿里

蕴含着亚洲一家

携手同行的美好祝愿

亚洲人民一家亲

共同开创美好新未来

# 有礼杭州

2023 年 6 月 15 日

太阳炙烤着大地

实证中华五千多年文明史的

圣地——良渚古城

迎来了神圣的

杭州第 19 届亚运会

火种采集仪式

我们都知道

无论是奥运会

还是亚运会

火种采集往往

具有丰富的象征意义

火种采集往往

会选取在世界地理上

有着标志性的点位

中国以往举办过的

大型综合性运动会

也都是这样

像奥运会火种采集基本上

固定在奥运会发源地——

古希腊奥林匹亚

2008 年北京第 29 届夏季奥运会

圣火采自神秘的奥林匹亚遗址

2022 年北京第 24 届冬季奥运会

圣火也采自奥林匹亚遗址

而北京、广州亚运会火种采集

全部选在中国的标志性点位

1990 年北京第 11 届亚运会

火种采自青藏高原

海拔 7000 多米的念青唐古拉峰下

2010 年广州第 16 届亚运会

火种采自"天下第一雄关"

北京居庸关长城烽火台

泱泱中国

无论是青藏高原

还是"天下第一雄关"

都象征着中华民族

悠久的历史

灿烂的文明

折射出中国人民

对和平友谊的美好祈愿

选择在中华五千多年历史的

圣地采集火种

向世界传递着"无声的语言"

展现了高度的

中华民族文化自信


神秘的良渚古城遗址公园

19 位采火使者

身着白色长裙

缓步登上大莫角山台阶

开启采火仪式

她们点燃了象征

亚洲大团结的

体育之火

文明之火

和平之火

她们的形象

代表着圣洁

代表着高贵

代表着文化

代表着文明

她们腰封上的图案

"神人兽面"像

是良渚文明的高级象征

她们佩戴的项链佩饰的造型

是以良渚玉璜为原型

设计制作的

可以说

良渚古城遗址火种采集仪式

是人类社会中

极其高贵的礼仪

现场每一个采火使者

都代表着五千多年中华文明

留下的文化形象


是啊

莫角山上

采集的这把火

既是盛夏阳光的馈赠

又是遥远历史的表达

它肩负着亚洲文明和世界文明

伟大历史交会的重任

它肩负着天人合一的

不朽和永恒

杭州第 19 届亚运会火炬

不仅仅是文明之火

还是首个数字之火

散发着光和热

采火仪式结束

数字火炬手线上传递活动

同步开启

数字火炬手线上随即

接力传递

经过国与国的对接

经过家与家的互动

经过人与人的传递

经过心与心的交融

人们的情感在汇聚

人们的参与在增长

杭州亚运会火炬传递

有一个特殊的日子

让我们记住这个日子吧

2023 年 9 月 15 日

这是一个里程碑时刻

火炬传递线上参与总人数

在这一天突破一亿人

杭州亚运会成功地

打造了亚运史上

最惊艳的线上火炬主题活动

它覆盖区域广

它参与人数多

它持续时间长


看啊

上亿人的步伐

随着圣火而迈出

上亿人的热情

随着圣火而燃起

他们携着神圣使命

迈出铿锵的时代步伐

跨越巍巍昆仑

跨越长江黄河

跨越浩瀚大海

跨越整个中国

一路高歌

风雨兼程

如同宇宙之中

最耀眼的星辰

一路向前
团结包容
释放着有礼杭州的
最美情怀


2023 年 9 月 8 日
火炬传递的另一种仪式
线下传递
正式启动
在杭州，火炬手
跑过西湖
跑过钱塘江
见证锦绣繁华天堂线的
精彩浪漫
在湖州，火炬手
跑过太湖
跑过月亮广场
在那里看见美丽中国的
思想源头
在嘉兴，火炬手
跑过京杭大运河
跑过南湖

谱写红船领航筑梦未来的

壮丽诗篇

在绍兴，火炬手

跑过鲁迅故里

跑过镜湖新城

传递名城绍兴的

神圣祈福

在宁波，火炬手

跑过中国港口博物馆

跑过宁波舟山港

盛赞滨海宁波扬帆世界的

光辉足迹

在舟山，火炬手

跑过沈家门渔港

跑过舟山市民广场

见证潮涌大东海舟山向未来的

伟大梦想

在台州，火炬手

跑过和合公园

跑过台州市体育中心

感怀和合台州活力城市的

最美印记

在温州，火炬手

跑过松台广场

跑过温州城市阳台

感受千年商港幸福温州的

人文之韵和活力之魂

在丽水，火炬手

跑过丽水行政中心

跑过滨水公园

见证秀山丽水青年之城的

绿色新丽水的独特生态优势

在金华，火炬手

跑过金华国际友城公园

跑过多湖中央商务区

宣扬浙江之心跃动金华的

信义之城风景线

在衢州，火炬手

跑过孔氏南宗家庙

跑过市政广场

亲近南孔圣地衢州有礼的

历史底蕴

亚运火炬

一路跨越

山河湖海

绿水青山

繁华都市

共富乡村

最后回到杭州

点燃在"大莲花"

那冲天而起的亚运火炬

熊熊燃烧在善城杭州

既可以领略中国式

现代化城市的美丽画卷

又可以感受中国

礼仪之邦的千年文化传统

展示出中华文明最宝贵的

根和魂


五千多年文明中国

素有"礼仪之邦"的美称

三千多年前

周公制礼作乐

提出礼治思想

礼乐标志着

中华的社会文明

古老的中华文明

因礼乐而增色

因礼仪而厚重

在杭州

在浙江

在中国

有礼亚运

正是五千多年文明

魅力四射的华丽盛典

有礼亚运

正是东西方文化

亲密接触的精神盛会

有礼亚运

是沟通交流

深化理解的文化盛宴

有礼杭州

是社会发展的必然趋势

有礼杭州

是社会进步的鲜明底色

有礼亚运离不开

有礼杭州的有力支撑

有礼是杭州的灵魂

曾有人这么说

杭州是一座水做的城市

上善若水

水利万物而不争

杭州温情如水

流动着善良善意和善念

水穿过杭州城

每一个角落

滋润着城市和乡村

不争是"礼让"的最高境界

不争点亮了杭州

使善城杭州

有了更深层次的美

比如守拙

比如坚韧

比如博大

比如平等

潜移默化

润物无声

在杭州

有礼成为

市民引以为傲的精神寄托

做有礼使者

庆亚运盛会

杭州把提升市民的文明素质

当作最好的礼物

送给亚运会

新时代杭州

以有形阵地为载体

扎实推进文明新实践

"浙江有礼·最美杭州"

以无形文化滋润心田

引导全体市民

在参与中增强

获得感

幸福感

安全感

营造全民礼迎

杭州亚运会

杭州亚残运会的

浓厚氛围

在普普通通的日子里

在平平常常的生活中

人们"有礼"有方向

人们"有礼"有能力

人们"有礼"有信心

鼓励全社会争当

全民有礼的模范

聚焦有礼目标

从个人和家庭

到社会和国家

规范个人言行

发扬家庭美德

引领社会风尚

厚植家国情怀

有序乘公交

文明过马路

排队守秩序

垃圾不落地

如今的杭州

全体市民保持着

良好的精神面貌

过着文明有礼的

诗意生活

在他们身上

礼仪素养

无处不在

彬彬有礼

周到细致

彰显文明古国的

深厚底蕴

给来到杭州的人们

留下深刻的印象


从水利万物的不争

到有礼模范的争

这是有礼杭州

固有的状态

浙风有十礼

全部赠予你

全民学礼仪

人人当有礼

人人都是"杭州有礼"的代言人

广泛开展理论宣讲

树立"最美"典型

擦亮"好家风"建设品牌

深化少年思政工程

将历史与现代

深度交融

把"六种时代新风"形象化

将"十种礼节礼行"具体化

挖掘"礼文化"的杭州资源

梳理提炼"礼"的内涵外延

引导全体市民自觉地

知礼、行礼、传礼、尚礼

让有礼落地践行

让有礼成为习惯

凝聚有礼之魂

营造有礼生态

推进有礼实践

让有礼杭州的理念

浸透人们的灵魂

真正让有礼杭州

落实在具体行动上

体现在细微处

真正让有礼杭州

成为全社会的共同约定

成为全社会的道德风尚

十年有礼杭州的生动实践

让杭州涌现出

1 位时代楷模

1 位全国"诚信之星"

7 位全国道德模范

22 位浙江省道德模范

170 余位杭州市道德模范

35 例"中国好人"

270 例"浙江好人"

852 例"杭州好人"

130 位"最美杭州人"

2.8 万余位全市各级各类"最美"人物

180 位新时代好少年"①

是啊

这些都是有礼杭州

筹办举办亚运会背后的

深层根源


当镜头回放至

亚运会

---

① 此处数据由杭州市文明办于 2023 年底提供。

亚残运会的

每一个赛场

杭州的

每一个景点

人们都说

杭州"礼仪之美"

印象最深刻的

形象最直观的

也最能让人产生共鸣的

是"小青荷"① 志愿者的微笑

犹如一抹春风

为亚运整体记忆着色

亚运会期间

"小青荷"志愿者们

脸上一直洋溢着真诚的微笑

他们用无限的热情

点燃"大莲花"的夜空

向全世界展示着

新时代中国青年

所拥有的

---

① 指代杭州第19届亚运会赛会志愿者,该名称源自2016年的G20杭州峰会。

活泼的

欢快的

朝气蓬勃的

精神面貌

昂扬气质


微笑是人类社会

最美的行为语言

微笑是杭州

应有的迎客姿态

从上游的新安江两岸

到下游的钱塘江两岸

从淳安县的公路自行车赛道

到西湖区的高尔夫球场

无论何时何地

何场竞赛

志愿者们

微笑的容颜

忙碌的身影

都会出现

"志愿者"的英文

volunteer 中的 v

代表着胜利

意味着快乐


杭州亚运会和亚残运会志愿者

由来自浙江省 46 所高校

3.76 万名志愿者担纲

他们经过专业培训后

投入亚运会和亚残运会的赛事服务中

亚运会和亚残运会

开闭幕式服务中

他们从事的工作

有服务

有管理

有展示

有礼仪

微笑之礼节

微笑之礼遇

微笑之礼仪

是有礼杭州

代代相传的

文化家底

一个站立

一个转身

一个笑脸

一个颔首鞠躬

一遍又一遍地

重复标准动作

他们的汗水

他们的泪水

他们的疲惫

他们的伤痛

无法阻挡

他们的服务热情

训练中的他们

是那么地认真

是那么地倔强

镜头前的他们

是那么地自信

是那么地谦逊

个个气质非凡

他们微笑服务

在各个亚运赛场

引领颁奖嘉宾

和运动员们

入场

退场

他们手捧托盘

送上奖牌与鲜花

他们用无与伦比的笑容

向世界传递着

东方神韵

向世界表达着

文明风范

微笑就是有礼杭州的

一张金色的名片


是的

在亚运会

亚残运会期间

志愿者又岂止"小青荷"

杭州还有 148 万名

"爱杭城"志愿者

他们是杭州的普通市民

他们活跃在

全市 3900 多个志愿服务点上

开展赛会志愿服务

城市文明志愿服务

特色助残志愿服务

来自世界的友人

用心用情感受着

有礼杭州的热情

那是人们心中永驻的

充满人间烟火气的

幸福感和获得感

那是一个个烙在

杭州城市大脑的

深刻印记

那是一件件根植

杭州社会的

礼让老幼的

文明晾晒的

良好习惯

那是一个个

有礼杭州关于

礼仪礼行

礼节礼貌的

感人故事

犹记得

在萧山国际机场

朝鲜运动员一落地

就有来自吉林的研究生志愿者

用朝鲜语表达

热烈欢迎

微笑问候

引导通行

他们浓浓的"乡音"

亲切又动听


犹记得

来杭参加亚运会的体育人

在机场偶"遇"

哈萨克族青年志愿者

一句"甲克司"① 的问候

让哈萨克斯坦运动员

流下激动的泪

看到杭州人

真诚有礼的笑脸

听着熟悉的哈萨克语

---

① "甲克司"是哈萨克语的汉语音译，意指"你好"。

真有一种回家的亲切

连声说"热合买提，热合买提"①

犹记得

杭州奥体中心体育场贵宾区的

50 名志愿者

他们会多种语言表达

他们为外宾提供

几十个语种的口译服务

他们的微笑

他们的服务

他们的努力

令外宾们赞不绝口

是啊

当他们微笑着

面对运动员和观众时

他们的工作开展起来

就特别地顺利

对于数万名参与

亚运会亚残运会的

---

① "热合买提，热合买提"也是哈萨克语的汉语音译，意指"谢谢，谢谢"。

志愿者来说

微笑是一种文明礼貌

微笑是一种内在素养

他们被誉为"友谊使者"

他们的微笑

拉近了人们的距离


微笑是有礼杭州的

重要标志

杭州是一个以爱构筑的

志愿名城

微笑是杭州最好的名片

微笑是东方含蓄的自信

微笑是和平友谊的种子


如今

在杭州

微笑无处不在

每个人的心中

都写满了微笑

如果一个人的微笑

是一个人的表情

那么无数人的微笑

就是一座城市的表情

这是中华民族五千多年

深厚文化积淀的自然流露


微笑杭州传递杭州力量

杭州有礼获得人们尊重

卡耐基说过

笑容能照亮

所有看到它的人

像穿过乌云的太阳

带给人们温暖

无论是开闭幕式

还是各项比赛

微笑的神奇魔力

就在于运动员和观众

彼此都能通过微笑

传递自信和互信

让运动员和观众

得到最大程度的放松

感知到杭州的温暖

## 温暖杭州

所有流星划过

都在猛烈灼烧

无论经历多少次

最后只能留下

浅浅的陨窝

所有的温度

都不会永久保留

即便是喷薄而出的

火山熔岩

千年万年以后

也会像泥土一样

变得普普通通

变得平平常常

然而

杭州亚运会

八年精心筹办

一朝精心承办

留下的一个个

温暖的故事

融入城市的

温暖记忆中

永久永久


亚运会的温暖故事

无处不在

无时不有


2023 年 10 月 8 日

是杭州亚运会圆满闭幕的日子

随着亚运圣火

在"大莲花"缓缓熄灭

人们的情感温度

却在"大莲花"里暴涨

人们的爱在肆意地弥漫

从开幕到闭幕

短短十六天时间哟

来自杭州的

来自浙江的

来自中国的

来自亚洲的

来自世界的

成千上万的人

你来我往

他们在"大莲花"汇聚

他们在"大莲花"分离

他们在"大莲花"回顾

他们在"大莲花"憧憬

他们在"大莲花"里流下了

激动的泪

他们在"大莲花"里留下了

温暖的笑

然而

闭幕式这一夜

把人们的情感温度

升腾到高潮顶端的

是一颗"心"

这是一颗亿人汇聚的心

这是一颗独一无二的心

这是一颗人类特有的心

这是一颗撞击灵魂的心

这是一颗温暖记忆的心

这也是一颗包容开放的中国心

这还是一颗心心相融的亚洲心

这颗心体现了中国人

独有的温柔和浪漫

这颗心温暖了全世界

闭幕那一刻

数字火炬人带着上亿人的心

再次踏浪而来

金黄色的身影依旧

温柔无言

绚烂夺目

它的双手举过头顶

向参加闭幕式的人们

向电视机前观看的人们

真诚地比"心"

它在轻轻地诉说

它在向所有人告别

它见证圣火缓缓熄灭

它慢慢地跃出"大莲花"

步入深邃的夜空里

化为满天的繁星


聚是一团火

散是满天星

人们都说

数字火炬人的比"心"告别
是亚运会闭幕式上的
温暖故事之一

人们犹记得
本届亚运会开幕式
代表团入场仪式上的温暖瞬间
饱受战火摧残的
西亚国家叙利亚
仍旧派出了由拳击运动员
艾哈迈德·古松担任旗手的
仅有8人参加的体育代表团
艾哈迈德领衔出场的瞬间
全场响起雷鸣般的掌声
代表团走过迎宾大道
在引导员引导下
正准备转弯时
旗手艾哈迈德突然停下来
他的神情是那么地专注
他看向主席台
好像在寻找一个目标
突然

他的眼神里

充满了光

是的

他看到了

他看到了

那道光定格在远方

他使劲地挥舞着手中的国旗

他的举动吸引了所有的目光

现场观众的眼睛投向大屏

电视机前观众紧盯电视屏幕

所有人都看向屏幕

当镜头切换到

现场参加开幕式的

叙利亚总统巴沙尔·阿萨德

还有总统夫人阿斯玛·阿萨德时

大家看到

巴沙尔和阿斯玛站起来了

他们正向艾哈迈德等

代表团成员挥手致意

气质优雅的总统夫人阿斯玛

微笑地举起手机

与代表团成员们拍照互动

顿时

现场响起海啸般的欢呼

这份热烈

这份温暖

是对叙利亚代表团的欢迎

是对叙利亚人民的友好问候

是对巴沙尔总统夫妇的尊重

艾哈迈德感慨道

到中国就像回家一样

中国网友则说

自己淋过雨

就总想给别人撑把伞

这样的温暖不仅在此时

还在亚运会开幕式前一天

叙利亚总统巴沙尔与夫人阿斯玛

一起参观中国佛教古寺灵隐寺

巴沙尔夫妇与游客

亲切互动

中国游客由衷地称赞

阿斯玛

您好美

阿斯玛微笑着真诚回应

你们有一个美丽的国家

是啊

作为中国人

我们何其幸运

伟大祖国

是一个美丽的国家

繁荣

富强

文明

昌盛

是啊

作为杭州人

我们何其幸运

中国有无数个像杭州

一样美丽的城市

然而，有"人间的花园""地上的天堂"美称的

叙利亚首都大马士革

也曾是世界上最美的地方之一

却经受了战争

杭州愿把温暖传递

真诚地祝愿

叙利亚

叙利亚

希望你能早日重现

昔日的繁荣


亚运会是竞技体育的舞台

而竞技体育不仅仅是竞技

在杭州亚运会的赛场上

竞技体育里充满着温情

竞技体育里充满着友谊

那份温暖感动着每个人

运动员们奋力拼搏

在杭州第 19 届亚运会上

打破世界纪录 15 次

打破亚洲纪录 37 次

打破赛会纪录 170 次

每一个新纪录的诞生

都是亚洲体育竞技的荣光

都是亚洲体育竞技水平的攀升

中国游泳运动员张雨霏

收获了 6 枚金牌

而在女子 50 米蝶泳决赛后

夺得金牌的她

忍不住哭了

她不是为自己而流泪

而是为日本泳坛名将

池江璃花子而流泪

上届印尼雅加达亚运会

池江璃花子斩获 6 金 2 银

被亚奥理事会评为

那届亚运会的

"最有价值运动员"

然而

不幸的是

2019 年池江璃花子

患上了白血病

坚强的她

没有向命运屈服

而是坚强地与病魔抗争

并复出参加东京奥运会

正是在东京奥运会赛场上

张雨霏与池江璃花子

结下了杭州亚运会之约

女子 50 米蝶泳比赛决赛

两人的亚运之约兑现

张雨霏抢先触壁

池江璃花子第三个抵达终点

那一刻

全场响起热烈的掌声

那一刻

全场都是温暖的祝福和敬意

张雨霏看到池江璃花子

拿着铜牌奔向教练

再也控制不住

任由泪水流

温暖的场景

温情的友谊

造就了有温度的故事

她们是对手

更是朋友

这就是杭州亚运会

游泳赛场上的

温暖故事


是啊

温暖的故事

并不仅仅发生在游泳赛场

人们依然记得

那一位被大家

十分喜爱的"丘妈"

——丘索维金娜

2023 年

她 48 岁

被体育界赞为

一个为儿子而战的"英雄妈妈"

她始终活跃在体操赛场

为了参加杭州亚运会

她独自一人

来到中国

来到杭州

她曾说

儿子是她生命的全部

只要儿子还没有康复

她就会一直坚持下去

心有所思如所愿

付出终有回报

她的坚强

她的努力

亦是最温暖人心的爱

人间大爱感天动地

如今

她的儿子已经痊愈

她无所惧无所忧

用心用情来比赛

赛前的体操赛场上

曾有中国队的教练

帮助丘索维金娜

按摩放松

当她在赛场上

奋力一跃时

一声"丘妈，我爱你"

的呼唤从看台上传来

那是奥运冠军管晨辰的声音

当"丘妈"展开双臂致意时

全场观众向这位传奇老将

送上热烈的掌声

虽然一人参赛

但在杭州亚运会赛场上

"丘妈"并不孤独

同样不孤独的还有

越南游泳小将武氏美仙

大家一定还记得

这样的电视转播画面

女子 1500 米自由泳决赛

当其他选手陆续抵达终点

武氏美仙还有 100 米

没有游完

然而

现场的参赛选手和观众们

全神贯注地"陪伴"她

完成最后的比赛

当武氏美仙游到终点那一刻

全场为她送上热烈的掌声

杭州亚运会的垒球赛场

也同样温情满满

女子垒球小组单循环赛

浙江运动员王兰和队友们

为两个人唱起了生日歌

一位是队友颜思语

另一位是菲律宾运动员

玛丽·安·安托利豪

现场观众跟着欢快的旋律

纷纷加入进来

整个赛场

俨然一场

别开生面的生日派对

欢快而又充满温情


同样是过生日

菲律宾垒球运动员得到的

是运动员朋友的祝福

泰国女足球员得到的

是场馆运行团队的安排

在温州奥体中心体育场

一间更衣室里

一个简单而温馨的生日惊喜

让泰国女足球员甘亚娜

备感温暖

当日女足比赛

泰国队经过一番苦战

1∶0 战胜印度队

当天恰好是甘亚娜 24 岁生日

让她意想不到的是

她回到更衣室

队友端着蛋糕走向她

唱起了生日歌

是啊

这个特殊生日

背后的策划者

就是温州奥体中心场馆群的

运营团队

看着眼前的温馨一幕

甘亚娜非常感动

非常开心


深情化作温暖的河流

挚爱化作质朴的诗句

台湾同胞在杭州比赛

同样可以感受到温暖

那是亲人的温度

杭州赛场的温度

同样也是台湾同胞主场的温度

中国台北女足 2：1 战胜印度队

观众加油声

不绝于耳

"欢迎回家"的

欢呼声

令全场动容

球员们赛后走向看台

向现场观众鞠躬致意

他们真切地感受到

到了杭州就是到了家

不论是入场时观众的欢呼

还是每次比赛观众的加油声

都是亲人的血脉之情

当中国台北男足 1∶4 输给

吉尔吉斯斯坦队

大陆球迷们迟迟不肯离去

那是同胞的关心和不舍

全场为中国台北队

送上热烈的掌声

主教练带领球员

深情地向观众鞠躬致谢

鼓掌高喊"谢谢大家"

泪洒赛场

中国台北选手杨勇纬

勇夺男子柔道 60 公斤级冠军

突然间

赛场上响起歌曲

《我的未来不是梦》

这是由一批"90后""00后"青年

组成的比赛"气氛组"

专门为杨勇纬选的歌

歌声在赛场上回荡

杨勇纬再也控制不住情绪

蹲在地上喜极而泣

是啊

这首曾经传遍

大街小巷

激励过几代人的歌曲

在这一刻

只有中国人最懂

杭州亚运会

无数的工作人员

用温暖传递温暖

让温情叠加温情

用最贴心的服务

让参赛的运动员

感到暖心

是啊

杭州亚运会的温暖

并不只在赛场

也不只在开闭幕式

场馆之外亦有温暖

像西湖的"免费凉茶"①

既清凉一夏又温润人心

不仅关爱着每一个过往游客

而且关爱着来杭参赛的运动员

这杯凉茶

从过去简单的凉白开

发展到如今品种丰富的特色茶

从百合如意茶

到陈皮黄精茶

从单丛姜枣茶

到菊花雪梨茶

从兰花苹果茶

到湖畔居限量特供的

西湖龙井茶

传递温暖的不仅有茶

---

① 2024年是西湖景区夏季推出"免费凉茶"的第13个年头。

还有那一个个

志愿者的努力

每一个微笑

每一次握手

每一句问候

都在温暖着世界

都在感动着人间


像这样传递温暖的

还有 68 岁的陈幼娟阿姨

她奋斗在亚运会的

另一个"赛场"

那些日子

她一直在忙碌着

她所在的队伍还有

一个特别的名字

这个名字就叫"西湖阿姐"

这是公益志愿者行动的"蓝马甲"

联合西湖区文明办

组织成立的一支

亚运特殊服务队

这里汇集了

一批 50 岁到 70 岁的

"银发女性代表"

为了能更好地帮助

全球游客游杭州

陈阿姨

从年初起重新"啃"起

《新概念英语》

亚运会开幕后

"西湖阿姐"们争相上岗

为中外游客提供各项服务

路线咨询

赛事宣传

数字助老

"西湖阿姐"们说

亚运会不只是年轻人的事

中老年人也能参与其中

真诚地希望游客能通过她们

感受杭州的温暖

是啊

杭州的这份温暖

是清凉的

犹如炎热夏天的

一块冰镇西瓜

从口腔凉爽到心脏

是感人的

犹如一阵及时雨

滋润了久旱的森林

是温情的

犹如一杯美酒

充满着醉人的芬芳

是暖心的

犹如一束穿越迷雾的光

让温暖直抵心间

是强大的

是的

温暖可以创造奇迹

温暖可以慰藉心灵

温暖可以重塑价值

温暖可以传递温暖

温暖可以不断延伸

第三乐章
精细的密码

## 绿色杭州

绿色的山
是春风吹走严寒
露出的最美容颜
是春雨浇灌大地
带来的万物复苏
是生命的篝火
在猛烈燃烧

绿色的水
是雨露荡涤尘埃
映出的清澈明眸
是"千万工程"
留下的珍贵宝藏
是生命的源泉
在欣慰微笑

绿色的城
是统筹治理
带来的至上荣耀
是科学管理
赢得的群众口碑
是生命的延续

在奋力飞跃

是啊

我喜欢绿色

我倾慕绿色

绿色是杭州山之色

绿色是杭州水之色

绿色是杭州食之色

绿色是杭州城之色

绿色是杭州路之色

绿色是杭州赛之色

绿色也是杭州亚运会

最鲜明的底色


绿水青山就是金山银山

绿色这个生态优势

既是杭州亚运会的显著优势

也是浙江极具辨识度的特色优势

杭州亚运会

从申办到筹办

再到承办

杭州亚运会一直

志在打造亚运史上

碳中和目标下的

第一个"零碳办赛"样板

志在通过高水平的

生态保护

通过高质量发展

来建设生态文明高地和

"美丽之窗"

为打造首届碳中和亚运会

从一个人到全社会

从"大莲花"田径场

到五个协办城市

东海之滨的沙滩排球

瓯江两岸的龙舟竞渡

信息小镇的篮球比赛

名士之乡的羊山攀岩

婺江两岸的藤球项目


是啊

绿色亚运会

杭州真的做到了

杭州真的做到了

它为中国

为亚洲

为世界

留下了一份

独特的"绿色记忆"

它留下了一份

宝贵的"绿色遗产"


来吧

先回顾回顾亚运会

开闭幕式的绿色设计吧

卓越的开闭幕式指挥中心团队

始终把绿色的理念贯穿于

开闭幕式的全流程

仪式演出的全过程

大家都知道

大型运动会开闭幕式

燃放烟花往往

最能带来震撼的

视觉盛宴

这也是各个举办方

最常用的方法

杭州亚运会烟花燃放与否

取决于亚运会开闭幕式

指挥中心组织的

那一轮轮论证

从低碳环保角度出发

杭州亚组委最终决定

四场开闭幕式

不燃放实体烟花

在亚运会开幕式

采用现代科技手段

燃放璀璨的数字烟花

这个决定

其实就是镌刻在

中国人骨子里的浪漫

通过"虚拟"的绽放

实现"真实"的效果


而主火炬则是本届亚运会上

另一个绿色设计的范本

这也是人类历史上

第一次零碳亚运圣火

那是一种燃烧高效

排放清洁的真实存在

那是全球公认的理想的

新型清洁能源零碳甲醇

完全可以实现

碳废再生

二氧化碳资源

循环利用


来吧

再让我们一起看看

那些绿色的场馆

杭州亚组委创新绿色标准

提出了杭州亚运会

绿色场馆的标准规范

提出了绿色健康

建筑的设计导则

提出了场馆室内

空气污染控制技术导则

通过一系列的

现代化标准

让亚运场馆建设改造

有规可依

有章可循

杭州亚运村

整个村占地 240 余万平方米

区域内 50% 以上的建筑

达到国家绿色健康三星标准

村内公共绿地标准

达到 300 米见绿 500 米见园

成为达到国家二星级标准的

中国首个绿色生态城区

设计标识项目

再看拱墅运河体育公园体育馆

它采用的是室内空气质量

监控与改善系统

结合光电离子空气

净化除菌技术

形成健康舒适的室内环境


像这样创新绿色设计的

还有杭州奥体中心场馆群

区域内实施海绵城市专项规划

从"渗、滞、蓄"

到"净、用、排"

建立了场馆群

雨水循环体系

过滤净化处理

生态净化滞留

雨水收集利用

有效发挥蓄水调水作用

打造节能场馆

同样

像这样创新绿色设计的

还有温州龙舟运动中心

采用的是自然采光井

既节省了建筑能耗

又具有极佳的景观效果


亚组委进行绿色施工

在发挥场馆使用功能

确保工程质量的前提下

充分考虑建设过程中的节能环保

尽可能地使用以废弃物为原料的

建筑材料

像黄龙体育中心

采用"移动反击式破碎站"

将建设改造产生的

建筑垃圾破碎分类

转化为建设原材料

用于城市建设


再来看看亚运会使用的

绿色能源吧

杭州亚组委坚定实施

亚运会绿色电力专项行动

将光伏能风能太阳能

可再生能源转化为电能

用于所有的亚运场馆和亚运村

实现绿电供应

保障绿色出行


绿色亚运

绿色杭州

无处不在

全城都有

"我为亚运种棵树"行动

以绿色理念开始

以绿色成效结束

推动线上线下

开展义务植树

种植形成的一大批

亚运会碳中和林

遍布杭州的各个角落

亚运会举办前

杭州有这么一组

值得骄傲的数据

每年增绿面积

超过 1000 万平方米

累计建成绿道

超过 4700 公里

新建改造公园

达到 120 余个

完成地铁复绿

超过 260 公里

快速路绿化建设

超过 50 公里

新种植的行道树和道侧乔木

超过 3 万株

绿水青山移画卷

春穷日暮恨无诗

杭州的绿色新貌

见证杭州举办的

绿色亚运会


绿色杭州

人与自然和谐共生

绿色杭州

带来城市绿色生活

如今

无论你站在杭州的哪个地方

无论你从杭州的哪里出门

绿色始终将你环抱

这是杭州人的真切感受

亚运火炬传递

从涌金广场启动

跑过西子湖畔

跑过钱塘江畔

火炬手们说

自己仿佛置身于

大美湖山的怀抱

生态之美

亚运之城

浑然天成

百花满杭城

芬芳飘亚运


绿色杭州

点亮城市的绿色未来

有如"湿地水城·大美杭州"

有如"生态智卫"

有如亚运"绿色丝带"

有如"零碳"工程师

有如杭州西站的"绿色亚运装"

全城最大限度地

减少碳排放量

全城最大限度地

提升碳中和综合效益

如今

当你行走在

杭州的大街小巷里

满眼尽是新能源公交车

井井有条的公共自行车

从眼前疾驰而过的电瓶车

形成了一道道

亮丽的风景线

创造了一个个

绿色的奇迹

这一切都将

成为 @ 未来的

磅礴力量

## 智能杭州

握住

握紧

松开

再握住

再握紧

再松开

装载的假肢

随心而动

不差毫厘地

举起"桂冠"火炬

科技工作者为这个假肢

取了一个"智能仿生手"

这样好听的名字

这个假肢是我们

最后一棒火炬手

残奥会游泳世界冠军

徐佳玲装载在左臂上的假肢

她练习了

上百次

上千次

上万次

这是顽强意志的力量

这是智能技术的力量

这是团队精神的力量

这是光荣使命的力量

这个假肢里面

装满了科技材料

有 8 组 24 个触点

就像人的神经末梢一样

可以感应到电流传导

然而

对于徐佳玲来说

最困难的

是她的残肢常年不使用造成的

肌肉萎缩

加上传统接受腔有些厚重

体验感特别不好

工程师团队为她

量身定制接受腔

通过 AI 算法倒推

捕捉她的

思想的运动意图

存在的意识信号
然后再发动指令
控制 "智能仿生手"
完美呈现 "心手合一"

智能亚运让一切成为可能
智能杭州全力服务好亚运
打造 "智能仿生手" 的
这家公司是一家杭州本土的
脑机接口高科技企业
它为我们奉献了一个经典的
智能的亚残运会故事
他们的努力
给残疾人带来了未来

是啊
智能亚运
把最新的
现代数字
现代科技
现代智能
现代艺术

完美地融合在一起

把艺术装进技术里

以智能来表达艺术

在杭州

亚运会的智能化场景

比比皆是

全景的立面网幕

超大的数字地屏

创新运用 VR

实现裸眼 3D 视觉效果

AR 数字穹顶

配合观众席的

三万颗数控球

流光溢彩

全景交互

倾情奉献了

一个又一个令人震撼的

视觉冲击

感官冲击

新奇的观赏体验

给人们留下了一份独特的亚运记忆

杭州紧紧地拥抱

数字化智能化浪潮

杭州利用数字

赋能亚运

让智能之花

处处开放

让亚运赛事组织

更加高效畅通

让亚运竞技比赛

更加精准公平

让观众参与过程

更加温馨便捷

让杭州城市建设

更加现代智慧


是的

亚运会亚残运会的筹办举办

是一个庞大的系统工程

时间跨度久远

参与人数众多

点多线长面广

有场馆建设的

有赛事组织的

有城市运行的

有开闭幕式的

有火炬传递的

有交通运行的

有餐饮住宿的

有安保服务的

有礼宾接待的

可谓千头万绪

如何做到

有条不紊

井然有序

创新之城杭州的

智能应用是重要保证


亚组委研发了一系列

行之有效的平台

像亚运在线平台

是一个为亚运项目

进行管理的平台

它整合了亚运筹办的

相关系统和数据

"亚运筹办健康指数"

"亚运场馆"

"亚运竞赛项目"

功能模块实时上线

实现亚运筹办进展

一屏可视

一目了然


像亚运赛事指挥平台

是一个亚运会的

指挥调度平台

它融合了一系列的

专项系统基础数据

既可以分析梳理

所有的赛事

现有的保障

在册的人员

以及突发事件

四大态势

又可以综合设立

赛事进程

注册抵离

事件任务

信息技术

预案管理

视频信息

各大专题

形成一个

宏观看态势

中观看专题

微观看场馆

三级可视化界面

通过集成视频会议系统

由事件触发提供

日常调度和应急指挥两种场景

实现了

要情一图可知

要地全景可见

实景一键可调


像"亚运钉"APP

这是全球首个

大型体育赛事一体化平台

可以集成

多项服务功能

科学规范

统一高效

安全可靠


亚运参赛

数智助力

事半功倍

为参赛者提供

最贴心的出行管家

从"杭州亚运行"APP

到自动驾驶应用

从在线支付平台

到科技训练平台

从数智气象平台

到智慧通关平台

从电子身份注册卡

到"云上亚运村"

从场馆内的语言翻译机

到人工智能裁判

一个个新技术应用

让世界各地来宾

充分体验到浙江

澎湃的数字技术浪潮

数智引领

虚拟交互

带来沉浸式

智能体验

智慧交通枢纽

助力亚运

杭州被誉为

城市大脑的发源地

也是移动支付之城

如杭州西站枢纽

通过应用智能科技

形成"一张网"

覆盖内外空间

开发"一朵云"

承载西站枢纽的

应用和数据

建成"一个平台"

打通西站枢纽的

人与设备

开发"一个小程序"

服务西站枢纽的

过往旅客


亚运观赛

数智相伴

精彩无限

亚组委开发攻关

形成"十大领域"

开通"智能亚运一站通"

整合酷炫 AR 技术

玩转亚运会

"亚运 PASS"实现

景区景点

文博场馆

公交地铁

一码通行

弹性自呼吸

5G 通信网

同时满足

奥体中心体育场

8 万名观众的

通信需求

数字技术

打破时空限制

让更多的人

参与到亚运中来

## 简约杭州

杭州亚运会

吸引了亚洲 45 个国家和地区

11830 名运动员

5711 名随队官员

前来参赛

吸引了 5000 余名媒体记者

5500 余个主播机构

以及持权转播商

前来转播

他们带着各自的文化印记

带着各自的文明使命

分享体育运动

给予的同一种心跳

杭州亚运会

参与筹办承办的城市

涉及宁波、温州、湖州、绍兴、金华

这是极其复杂的

一届亚运会

设置项目最多

参赛人数最多

组织难度最大

参与城市更多


当今时代

纵观国内外大型赛事

节俭办赛已经成为

一种趋势

一种共识

杭州亚运会将简约

摆在首位

简约亚运

拒绝精雕细琢

远离繁文缛节

摒弃浓妆艳抹

避免主观片面

承办的简约

举办的简约

开闭幕式的简约

竞赛的简约

安保的简约

接待的简约

开闭幕式上的

简约元素

随处可见

作为亚运会亚残运会开闭幕式

展示立体化

视觉盛宴的重要载体

6000 余平方米的地屏

以及相当于

9 个 IMAX 荧幕的超大网幕

能让场内灯光

立体呈现

与"大莲花"外景

相映成辉

演出既炫又酷

画面既美又雅

总制作人沙晓岚揭秘

亚运会成功的前提

是有一个好的载体

亚运会成功的关键

是大量的视频贡献

惜物而以养德

致广大而尽精微

传承好中华文化传统中的

节俭智慧

真正让杭州亚运会

露出洗净铅华后的

质朴成色

这是办赛的要求

也是沙导的巧思

简约是复杂的

高级形式

一定把开闭幕式

做到简约而不简单

浪漫而且好看


简约

是一种清新的态度

大道至简

执着追求

最本质的真理

最简单的境界

体现在开幕式上

正如沙导所言

任何细节都要求

既好看又简约

既浪漫又精彩

文艺表演上篇

用极简的中国山水画

开启整台演出第一幕

不搞人海战术

他们用极强的定力

达到极简的雅致

他们用简洁的

单纯的

美来展示

6000 余平方米的地屏

领舞李倩

以及 90 位群舞演员

精彩表演堪称经典

一个人的风采

点活了一片山水

九十一个人的美

点亮了一台节目


主题曲《同爱同在》

演唱不请大牌明星

领唱的是浙江音乐学院

四位在校大学生

清新脱俗

阳光靓丽

帅气温暖

一鸣惊人

直接冲上热搜


亚运接待

不讲究排场、奢华

而是重在宾至如归

重在亚运记忆

重在美美与共

能用视频替代的

就不用实物展现

能用简单道具的

就不用复杂道具

能用矿泉水的

就不用高端饮料


简约

是一种突出的能力

节俭办赛

是人类共同的追求

在筹办承办过程中

大幅度压缩预算开支

严格控制办赛总规模

成了杭州节俭办赛的目标

杭州一路坚持

自信自强

踔厉奋发

不负众望

成为节俭办赛的

一个先行者

在实践中锤炼出

简约的能力

删繁就简

标新立异

去伪存真

回归本真


这种能力

体现在"能改不建"

数据非常亮眼

节俭办赛的理念

如影随形贯穿始终

亚运会 56 个竞赛场馆

44 个是改建或临建的

为了减轻政府的投入

降低赛后运营风险

亚残运会 19 个比赛场馆

有 17 个与亚运场馆共用

共用比例极高


这种能力

体现在"能修不换"

能省则省

保证必需

一种场馆

投入建设理念

简约贯穿全程

鼓励条件较好的场馆

沿用原有设施设备

下沙高教园区里

击剑项目比赛场馆

设施设备"以改代采"

约 5000 把老旧座椅

焕然一新

节省资金 2000 余万元

上城体育中心体育场

坚持"用旧如新"

顶部太阳膜和座位

就节省资金近 800 万元


这种能力

体现在"能租不买"

那是开发优先理念

补贴包干原则

一个场馆的赛事器材

能借不租

能租不买

理念长期坚持

一个场馆的赛事器材

赛后无法存放利用

先期市场开发和租用

原则长期遵循

像杭州奥体中心

国博壁球馆

除基本耗材外

其他器材供应

实现百分之百

租用或借用

千岛湖畔

淳安界首体育中心

自行车馆

像颗浮出水面的明珠

熠熠生辉

阳光透过屋顶玻璃

洒在木制赛道上

看起来动感十足

原来这个拼接的赛道

用的 374 片赤松木板

均为举办方租借而来

节省了约 900 万元


这种能力

体现在"运营兼顾"

拒绝一切的考虑不周

赛前考虑不周

很可怕

赛后搁置浪费

不可取

一个场馆运营开发

思想认识深刻与否

至关重要

富阳水上运动中心项目

既做好"上篇文章"

又做好"下篇文章"

减轻政府负担

运营单位提前介入

设计和建设

充分考虑赛时和赛后

功能和需求

有效避免

重复设计和建设


简约

是一种深刻的美丽

杭州各地依托广场公园

打造多彩生动的

现代简约观赛空间

深受广大市民喜爱

拱墅区充分利用

杭州重机厂旧址

打造全市规模最大的

观赛空间街区

在工业遗存

中央活力区

全方位融入

亚运 IP 形象

运动元素

让工业遗存

变身亚运坐标

西湖区莲花广场

以"品质西湖

光韵风华"为主题

亚运元素

地标性建筑

相互联动

打造的"活力夜莲花"

活力精彩无限

萧山区以人民广场

为市民参与中心区

钱江世纪公园

为亚运观赛活动区

银隆广场商圈

为亚运观赛商业区

形成一中心两区块的

三大核心观赛空间

余杭区利用老街内大草坪

作为天然观赛场

临平区利用

临平体育中心体育馆

人民广场

打造亚运观赛空间

设置裸眼 3D 大屏

如今成为市民喜欢的

游憩休闲好去处

钱塘区紧贴青少年宫

融入现代简约亚运元素

打造现代文化观赛空间

富阳区聚焦

自然　人文　科技

打造鹿山时代

亚运观赛空间

数百个公园散落在

杭州各个角落

让城市的"边角余料"

变成全民健身的"金角银边"

拉动杭州市民的

运动热情


杭州亚运

因地制宜

简约中出亮点

就地取材

特色中显精神

这种简约的美

是一种愉悦的美

这种简约的美

是一种成熟的美

这种简约的美

是一种雅致的美

这种简约的美

是一种真实的美

第四乐章

精致的底气

## 平安杭州

在"大莲花"的上空

一架"黑飞"的无人机

正在向下窥视

伺机偷拍亚运会开幕式

排练的精彩画面

突然

"啪"的一声枪响

"黑飞"的无人机

被反制枪击中

快速坠向地面

执行这一安保任务的

正是开闭幕式指挥中心的

安保团队

为了确保开闭幕式

节目的保密安全

杭州公安

针对无人机管控难题

借助专家团队的力量

采取科学防范措施

那是技术与人力

相结合的措施

那是线上与线下

相结合的思路

那是专业与群防

相结合的路径

那是宣传与惩处

相结合的方法

安保团队"铁穹"防御

在"大莲花"周边部署

无人机反制系统

在"大莲花"上空

形成防护网

让周边一公里范围内

起飞的无人机无法入侵

精细划设管控网格

科学布设巡逻警力

实时分析周边"黑飞"的数据

确保了开闭幕式活动现场

"黑飞"无人机

"零升空""零滋扰"

手机点亮"星海"

万名观众大合唱

此起彼伏的"人浪"

一波接一波持续翻滚

数万观众倾情参与的

现场互动

把开幕式演出

一遍遍推向高潮

所有观众离场

座位干净整洁

未留一片垃圾

世界舆论好评如潮

开幕式"万家灯火万人合唱"

被新华社评为十大精彩瞬间

亚运会开闭幕式

观众展现的纪律性

给世界留下深刻印象

开闭幕式观众展现的组织性

让世界为之动容

有人说

像开闭幕式这样的

大体量观众集散

安保是一个巨大的难题

是啊

安保团队攻坚克难

一个一个的客群

一条一条的流线

开展以分秒计的

集散论证研究

针对分时段进场

和集中散场难题

现场组织者们

坚持用脚步丈量

每一个点位

每一片座席

每一个环节

都做到了丝丝入扣

他们精心设计了

散场时"五人同管、双控一体"系列措施

提出了解决难题的新思路

建立现场

片区公安

武警战士

业务网格长

领队负责人

志愿者

五人协同管理的

"最小单元"

发挥了重要作用

他们组织开发广泛应用的

"红停绿行"灯球数控模式

给出了精准的判断

所有的所有

都在精准发力

一切的一切

都是为了

入场离场

通畅平安

一分耕耘一分收获

一份努力一份回报

这场举世瞩目的亚运会开幕式

创下了 7 万余人 3 小时入场

40 分钟离场的集散纪录

是啊

无论是站在电视机屏幕前

还是走在离场人群队伍里

都可以深切地感受到 7 万余名观众

秩序井然地"丝滑"离场

这一幕感动了世界

亚奥理事会代理主席高度赞扬

"这是我见过最好的一次开幕式"


亚运平安

是全时段的

是全方位的

是全要素的

是全人员的

观众"丝滑"离场的

又岂止"大莲花"

奉献付出的

又岂止开闭幕式安保团队

位于西湖区的

黄龙体育中心

杭州亚运会首场足球赛

正在这里如火如荼地进行

这是一场中国队对阵

印度队的比赛

这是亚运会开赛后的

首个观赛高峰

这是检验杭州公安护航亚运安全实力的

重要一战

在不到 1 小时的时间里

3 万余名观众

全部顺利安检入场

中国队 5：1 大胜印度队

那一刻

观众站起来了

全场沸腾起来了

欢呼声响起来了

然而

黄龙体育中心体育场内

却有这样一群人

他们无法看到场内的精彩

他们只能看到观众的狂欢

他们说

虽然面对观众背对赛场

但看到的也是一种精彩

正是他们

留下了亚运会

最美的背影群像

其实

在亚运很多赛场

所有的安保执勤人员

几乎没有完整地

看过一场比赛

他们背对赛场护佑平安

他们面对观众彰显精神

他们背对赛场保持常态

比赛时

场馆内外

执勤人员

目光如炬

他们像老鹰一样

注视着赛场内外

比赛结束

他们忙碌起来

他们提前准备

引导现场观众

安全有序离场


为保障亚运赛事

平稳有序地进行

赛场的安保人员

要时刻保持联络

有的执勤人员

特意调大手机音量

防止错过重要信息

有一个场馆却例外

那是桐庐马术中心

执勤人员不约而同

把手机音量调到最小

马术比赛是亚运会

唯一一项人与动物

密切配合的项目

既是对骑手和马的考验

也是对安保团队的考验

把手机音量调小

是安保人员根据马术的

比赛特点

养成的一个好习惯

为确保比赛顺利进行

亚运期间

他们推出了十项禁令

禁燃烟花爆竹

禁止爆破作业

禁鸣汽车喇叭

只要观众进入瑶琳镇

就能收到提示的短信


杭州安保队伍中

还有这么一群"不眠人"

他们是防爆安检小组成员

午夜时分

人们进入梦乡

他们整装待发

携带着各种检查设备

奔赴各个场所和点位

他们严格做到

每一个人员

每一辆车子

每一片路面

每一个柜子

每一个抽屉

每一样物品

都逐一检查

不抱有任何侥幸心理

不放过任何蛛丝马迹

确保丝毫不差

确保绝对安全


是啊

举办一场举世瞩目的国际赛会

既要考虑到极端天气

带来的不利影响

又要考虑到城市建设

存在的动态布局

确保精准防控

确保能够实施

精准防控

我们知道

金秋时节

对于浙江来说

台风仍是影响天气的

最大因素

为了做好应急预案

开闭幕式指挥中心团队

与气象部门

并肩作战

每天安排专人

蹲守"大莲花"气象观测点

认真记录

气候

雨量

温度

湿度

观察分析出现的细微变化

供指挥层决策

他们每天安排应急值守力量

专班化运行　安全值班值守

形成安全应急机制

形成安全应急

值班值守机制

确保实现

应急值守更到位

信息报送更及时

应急指挥更有力


是啊

我们都知道

亚运安保是一个复杂的

系统工程

涉及方方面面条条块块

既有政策法规上的

也有民生需求上的

简单化不可取

复杂化也不行

更不能"一刀切"

如何做到

既守住安全这个底线

又不影响群众的生活

成为杭州公安

思考研究的重点

在筹办承办过程中

注重提升群众的体验感

科学制定安保管控措施

做到充分考虑群众需求

时刻对标对表

全面落实

双统筹

双调度

双确保

双复盘

使每一个决策都科学

使每一项指令都落实

使每一次复盘都有效

使每一次安排都妥善

使每一位群众都理解

像亚运期间的交通管理

他们精准区分

科学规划

亚运环杭通勤"三个圈"

亚运高速通勤"三条线"

分类明确货运车和小客车的

禁限时段

保障措施

他们分层规划了 131 条

亚运通勤道路　达 370 公里

他们科学设置了

赛事通勤绿波带　达 210 公里

他们全力建设了 24 条

亚运数字专用车道　达 142 公里

专道专用、社会借用

特事小车"急事通"

保供货车"白名单"

最大限度地减少

对城市运行的影响

对市民生活的影响

像奥体中心场馆群

周边 6 万余居民

像淳安公路自行车赛道

几乎涵盖群众出行主干道

全部实行临时管控措施

没有一封了之

而是根据区域内的

孕妇　老年人　病人

一些可能存在的需求

提前部署安排

设置多条便民通道

多个应急救援点

保障比赛顺利进行

保证群众便利出行


是啊

我们都知道

数智融合是杭州亚运会

带给人们的强大感受

这种融合一直

向末梢延伸

向未来拓展

这类数智融合

在亚运安保过程中

随处可见

杭州公安队伍充分发挥

智慧警务先发优势

着力打造一个科学的

数智安保新模式

在赋能指挥体系上

杭州亚运安保数字指挥平台

通过智能串联

可以实现

一屏统管

一键指挥

一点直达

一呼百应

当国庆遇上亚运

杭州处处有感知

智能带来安全

便捷"黑科技"尽出

赋能"平安亚运"

智能巡逻机器人

根据号令一键出警

满满的科技感

游客爬山遇到危险

山体救援神器立功

通过四维地理坐标系统

可以立刻确定报警位置

锁定最佳救援路线

就近警力快速赶赴现场

入住杭州酒店更便捷

不需身份证

只要刷刷脸

出门逛街看景

智能导航畅行无忧

交通拥堵

交通事故

道路施工

单双号限行政策

所有路况信息

实时同步推送

各大导航 APP 全线支持

真可谓科技赋能

助力平安精彩亚运


在入杭通道上

安保队伍启用智能

车辆查控系统

实现过往车辆检查

由"全量查控、逢车必查"

变"精准预警、逢疑必查"

真正实现"无感过站"

提升群众车辆

通行效率和过站体验

实现"查控无感、安全有感"

亚运期间

杭州范围内高速

各个公安检查站

检查流程全新升级

确保车辆"无感"通过

当入杭车辆通过收费站时

不用出示证件

不用下车

不用熄火

车辆只需稍许停靠

依托新升级的前置无感设施

游客不到 20 秒就能完成检查

快速便捷

对车辆和乘客进行核实

检查站依托

"算力 + 智力" 相结合的

人车检查新模式

在快速便捷中

体会 "无感" 的还有

各亚运场馆的安检通道

亚运村的安检通道

G11 通道日均人流量超过 13000 人次

人群通过时

安保团队手持设备

轻贴

蹲下

起身

只要短短的几秒钟

安检便完成

安全有保证

他们轻贴体现温和

他们蹲下表示尊重

他们起身才是安全


是啊

我们都知道

杭州作为主场

承担了亚运会开闭幕式活动

以及绝大多数赛事任务的

安保工作

体量巨大

环环相扣

丝丝相连

容不得一丁点儿差错

安保团队对每一位

参与安保工作的人员

开展多轮警力测算

精心打磨勤务体系

每一场活动

每一项工作

都精心合理安排

每一部电梯的升降时间

每一个客群的行走速度

都进行反复测算

确保把工作活动的

职责要点

操作流程

工作时序

精准精细精确到

每一个岗位

每一个人员

每一条流线

每一个分秒

通过反复测试成效

通过反复发现问题

通过反复打磨优化

确保各项工作

精准精确开展


是啊

我们都知道

杭州亚运会

是党的二十大

胜利召开后

中国举办的

规模最大的

水平最高的

国际性综合性

赛事活动

这届亚运会

也是亚运史上

规模最大的

项目最多的

筹办复杂程度最高的

一届亚运会

大考面前

中国打赢了这场硬仗

杭州书写了

完美的平安答卷

平安亚运　平安杭州

杭州公安既克服

首次遇到亚运会

延期举办的重大挑战

首次出现亚运会办赛模式

不断调整变化的重大挑战

杭州公安又统筹

中秋节　国庆节　观潮节

三节叠加的现实挑战

杭州公安面对

杭州客观现实

城市弯多路窄

现场人多楼密

面上人海车流

扛起责任

全力以赴

一个难题一个难题研究

一个难点一个难点解决

一个难关一个难关攻坚

整个赛事运行

类似天气这样的

不可抗力因素影响除外

百分之百

顺利完赛

整个赛事运行过程中

没有一个人为因素

导致比赛中止中断

颁奖活动百分之百高效实施

确保了亚运会开闭幕式

亚残运会开闭幕式的绝对安全

亚运会 40 大项 5006 场赛事

亚残运会 22 大项 2913 场赛事

和火炬传递活动的安全有序

确保了 49329 班次亚运保障用车的

百分之百准点

赛事交通顺畅有序

确保了亚运村

运行的和谐有序

确保了杭州社会面

治安大局的平稳有序


平安亚运创造历史

平安杭州光耀亚洲

平安就是杭州城市发展的

那一抹最令人

安心的底色

平安是杭州承办亚运会

那一枚最具有

底气的金牌

可以自豪地说

杭州没有辜负

全世界人民的期待和希望

杭州没有辜负

亚奥理事会的信任和重托

亚洲各国人民

可以欣慰地说

选择中国

选择浙江

选择杭州

是一个无比正确的决定


国家需要至上

忠诚使命担当

浙江公安坚定信念

浙江公安坚持

最高站位

最硬举措

最强担当

最严要求

杭州公安勇挑重担

坚持主场主力主战主责

把亚运安保当成一场

只能成功

不能失败的忠诚之战

只能满分

不能失分的使命之战

只能主动

不能被动的亮剑之战

只有结果

没有如果的荣誉之战

杭州用胜利向亚运告白

杭州用捷报为国旗添彩

平安亚运

杭州做到了

平安目标

杭州实现了

## 人文杭州

中华民族的先民们

创造的辉煌灿烂的文明

足以让世界

为之惊羡

中华文化不仅仅是

中国的

也是整个人类的

精神瑰宝

博大精深

异彩纷呈

亚运会作为

世界文化的

超级展台

注定成为

文化交流的

绝佳平台

伟大的中华文化

为奥林匹克精神

注入了勃勃生机

中华文化

是杭州举办一届

成功的亚运会的

丰厚底气

融入人们

满腔的热血里

融入人们

追求幸福的脚步里

融入人们

生命成长的基因里


真水无香

大音希声

大象无形

中华文化是

璀璨的不息的

历史的天空

云蒸霞蔚

恍若看到

浙江最早的古人类化石

恍若看到

跨湖桥

河姆渡

马家浜

良渚

新石器时代的

文化遗址

恍若看到

古都临安的南宋气韵

恍若看到

守护城市的千年古塔

恍若看到

风雅百年的浙派篆刻文化

恍若看到

诗情画意的清末江南

恍若看到

旧时杭城的人间烟火


人文亚运

江南情致

杭州亚运会

表达着展示着颂扬着

独特的中国气派和豪迈

为世界打开了一扇

触碰中华文化的时代新窗

人文杭州

让历史与未来交会

让中国与世界相通

让悠久灿烂的中华文明

在之江大地焕发出耀眼光彩

照进亚洲人民心中

汇入人类历史长河


杭州亚运会核心图形"润泽"

它的设计灵感来源于杭州极具代表性的

本土文化元素——丝绸

杭州自古就有

"人间天堂、丝绸之府"的美称

杭州自古就是

"海上丝绸之路"的重镇

核心图形"润泽"

色彩斑斓

虹韵紫

映日红

水墨白

月桂黄

水光蓝

湖山绿

飘逸舒展

动静结合

温润细腻

挥洒灵动

那是"温润万方、泽被天下"的

气韵和胸襟

那是中国色彩文化和杭州城市特质的

提炼与浓缩

那是徐徐展开的一卷

富有江南韵味和东方诗意的"新富春山居图"


杭州亚运会会徽"潮涌"

它是澎湃的

它是激荡人心的

它是一种

自然奇观和人文精神

最好的融通表达

它代表了一个城市

对奥林匹克精神的

诠释和理解

它是亚运会的

一个十分重要的

视觉形象和文化载体

在开幕式《相约杭州》短片里

一个巨大的良渚玉琮带来了

发光的亚运会会徽

讲述这片土地上

良渚先民与现代杭州人

展开的一场

穿越五千年的时代交集

散发着活力的亚运会会徽

出现在杭州的大街小巷

从古代到当代

新时代杭州

中国式现代化

焕发出夺目的光彩

守正而不守旧

尊古而不复古

不拒新挑战

探索新事物


杭州亚运会会徽"潮涌"

由六大元素组成

扇面造型反映

江南的人文意蕴

赛道代表

体育竞技

互联网符号契合

杭州城市特色

太阳图形

是亚奥理事会的象征符号

钱塘江和钱江潮头

是会徽的形象核心

绿水青山展示了

杭州山水城市的自然特质

江潮奔涌表达了

浙江儿女勇立潮头的

精神气质

在这六大元素之外

会徽下方是主办城市名称

举办年份的印鉴

亚运会会徽"潮涌"

同时还体现了

体育　亚洲　中国　浙江　杭州

评选的标准

满足了设计美学

实现了延展应用

它的设计

是舒缓的

是诗情画意的

既符合江南水乡的特点

又映现江南民众的性情

有代表杭州的独特符号

有象征浙江的精神内核

有东方文化的语汇表达

有江南水乡的色彩意象

自然与人文

交相辉映

是民族性的

是艺术性的

是创新性的

是完美结合的精华之作

杭州及协办城市

向世界展示了

一个崇尚和谐

又欣欣向荣的中国

让世界为之澎湃

江南忆

最忆是杭州

山寺月中寻桂子

郡亭枕上看潮头

何日更重游

杭州的"老市长"

唐代诗人白居易

写下的这首《忆江南》

成了杭州亚运会

吉祥物最初的设计灵感

设计者从无数创意中

精选出最具杭州人文气息的

三大世界文化遗产

作为重要元素

设计了机器人吉祥物

"琮琮""莲莲""宸宸"

每一个吉祥物

都体现了高科技的理念

它们佩戴高科技能量环

它们的手掌

它们的脚掌

装有悬浮和喷射的装置

有如哪吒的风火轮

可以飞起来

它们还可以

自己与自己打乒乓球

它们可以把参与运动

带来的快乐转化为能量

它们组合在一起

成为一个共同的名字

江南忆


憨态可掬

动感十足

绚烂多彩

它们身上承载着

深厚的文化底蕴

它们身上散发出

浓浓的时代气息

它们身上充满着

积极的运动活力

它们身上呈现出

温暖的中华文明

它们身上展示着

强大的文化自信

三个机器人吉祥物

十分完美地融合了

历史人文

自然生态

创新基因

尽情地诉说着

江南忆

最忆是杭州


良渚文明源远流长

西湖美景晴好雨奇

运河悠悠千年流淌

吉祥物"琮琮"

代表良渚古城

名字源于良渚古城遗址出土的

代表性文物玉琮

头顶佩戴着

良渚神人兽面纹饰品

那是不畏艰险

超越自我

不屈不挠的象征

吉祥物"莲莲"

代表西湖

名字源于湖中的接天莲叶

头顶的

三潭印月

那是万物和谐的

自然生态文明

吉祥物"宸宸"

代表京杭大运河

名字源于杭州的

标志性建筑拱宸桥

这一奇妙创意

兼具京杭大运河

与天下奇观

钱江潮的意象

寓意着交会融通

勇立潮头的精神

沉稳自信的"琮琮"

可以摘取

力量型和传统项目的桂冠

机智勇敢的"宸宸"

可以独占

速度型和球类项目的鳌头

精致温柔的"莲莲"

可以成为

技巧型和水上项目的翘楚

每一个吉祥物

都承载着真挚的情感

每一个吉祥物

都向往着美好的明天

江南文化的流淌

古今元素的交织

铭记美好的回忆

凝聚温暖的力量

它们的情感表达

与这个时代

精神需求的同频共振

它们的美好愿望

与人们期盼

美好事物的心情契合


而杭州亚运会主题口号

"心心相融，@未来"

"Heart to Heart，@Future"

一经问世

便惊艳了整个世界

"心心相融，@ 未来"

主题歌曲《同爱同在》的歌词

心相融爱相加

在杭州这个善城

这个人文底蕴深厚的城市

这个人间大爱深植的城市

传递爱的力量

它们无不承载着

人类命运共同体的主题

传唱着友谊

传达着和平

传递着文明


是啊

将 "@" 译为 "爱达"

是多么用心用情

用爱连接

人与人

国与国

当下与未来

让爱传递

共同的生存理念

共同的美好向往

兼具友爱和通达

当今时代

看似科技主导一切

人工智能迅猛崛起

人们更专注于

讨论人本身的价值

亚运口号旨在表达

这样一个理念

一场盛大的体育赛事

可以消弭人类的

一些壁垒和界限

让亚运的力量

在未来世界里

产生更大影响

存储和传递"爱"

这个最大的精神价值


是啊

主题口号

最大的亮点就是"@"

全球互联网通用符号"@"

高度契合了

杭州互联网之城的

鲜明特征

"心心相融"

意在让亚洲各国人民

在亚运会

这个大舞台上

深入地交流

意在体现

亚奥理事会大家庭

团结向上

紧密相拥

充满活力

倡导全民健身

鼓励投身奥林匹克运动

"@未来"（@Future）

则传递着自信乐观

不畏挑战

共迎美好的期许

与"永远向前"

更快更高更强的精神

契合一致

寄托着面向未来

共建人类命运共同体的

良好愿望


是啊

亚运圣火之"薪火"

采自良渚古城

在大莫角山上

形如玉璧的采火装置

汇聚太阳光束

点燃亚运之光

致敬历史

来自千年良渚的火

为百年亚运

镀上中华文明之光

"薪火"传承

中华文化赋予

杭州亚运会

深厚的人文底色

生生不息的文明传承

照亮亚运的未来


文明的"火种"

在五千多年前已经埋下

让中华优秀传统文化的

突出特性在新时代焕发出

新的生机

孕育了勇立潮头

敢为人先的时代呼唤

表达了精致和谐

大气开放的美好追求

铸就了当代浙商

筚路蓝缕的"四千"精神

展示了温暖善城

守望相助的"最美"现象


燃起的亚运火种

充满希望

饱含热情

拥有祝福

更有时不我待的号角

正如杭州亚运会火炬"薪火"

一语双关

预示着

亚运火种薪火相传

中华文明生生不息

从传统中创造

在实践中激活

亚运火炬"薪火"家族里

实证了火种的文明传承

像采火棒的外观设计理念

取自良渚古饰品玉蝉

它的顶部呈四射状

内嵌易燃物便于引火

顶部的四片翼翅相拥相簇

表面的自然流线型展现了

灵动的生命力量

像火种灯的创意

源于中国古代的提灯

方圆嵌套

头尾刻有后期玉琮纹样

像火种盒

整体造型依据火炬特点

以水纹涟漪为设计理念
盒身为大地
用水
孕育生命和文明的火焰


再看杭州亚运会
奖牌"湖山"的设计
自带人文杭州的特征
方中带圆
方圆相融
既有传统奖牌的特征
又融合了良渚玉琮神韵
奖牌正面灵动的线条
勾勒出"三面云山一面城"的
壮美画卷
西湖胜景
呈现于方寸间
"藏日月于壶中"
尽显经典浪漫


接天莲叶无穷碧
映日荷花别样红

南宋诗人杨万里

或许不会想到吧

自己的诗句

不仅令后世倾倒

还能如此深远地影响

杭州城市的建筑美学

从空中俯瞰钱塘江

杭州亚运会开闭幕式举办地

奥体中心体育场

宛若一朵盛开的"大莲花"

比邻而立的杭州网球中心

犹如一朵含苞待放的"小莲花"

一大一小两朵"莲花"

成为杭州城市新地标

主场馆"大莲花"是由 28 片大瓣

和 27 片小瓣构成的

主场馆"大莲花"还将钱塘江水的波动

与杭州丝绸的动态肌理藏入其中

网球中心"小莲花"外形

同样采用花瓣状设计

它的出彩之处

在于"旋转开闭屋盖"

能够根据天气情况进行开合

满足室内活动的需要

大小"莲花"

一大一小

一静一动

交相辉映

完美演绎

融合了江南韵味

诠释了东方美学


人文之美

为亚运场馆增光添辉

深刻寓意

让亚运场馆大放异彩

华灯初上

柔美的光线

透过"蚕丝"倾泄而出

就如"蚕茧"在微微发光

亚运会协办城市绍兴

柯桥羊山攀岩中心场馆的

外形酷似一个巨大的"蚕茧"

它唯美的设计

灵感来自纺织布料

特有的飘逸灵动

提取了攀岩运动蕴含的力量

融入了动感的美学线条

契合了建筑形象与运动主题

无独有偶

有了"破茧"

自然就有"化蝶"

杭州奥体中心游泳馆与体育馆

采用的是双馆合一的设计理念

银白色的金属屋面

两翼张开的平台

被广大网友形象地

称为"化蝶"

作为《白蛇传》和《梁祝》中故事的发生地

中国古典爱情之都杭州盛名远播

体育游泳"化蝶"双馆

不仅与"梁祝化蝶"的爱情故事

遥相呼应

而且更预示着运动员们争创佳绩

破茧成蝶

还有富阳水上运动中心

取意于《富春山居图》中的

山水形态

以及杭州亚运会

棒（垒）球体育文化中心

坐落在名士之乡绍兴

它的设计

融入绍兴著名的纺织与丝带元素

使建筑和平台以丝带的形态

将各个场馆联系在一起

绸带的曲线元素运用

令建筑美不胜收

还有杭州师范大学（仓前校区）体育馆

排球项目比赛在这里进行

体育馆毗邻西溪湿地

校园基调是"水乡学埠""湿地书院"

建筑充满水榭亭台的元素

金华亚运分村

仿佛一座江南园林

尽显隽秀水乡气质


亚运会上

人文巧思随处可见

中国代表团礼服

融入了青花瓷元素

亚运会花器

以花觚之形意

彰显宋韵极简美学

亚运会核心图形 "润泽"

化用了杭州代表性的特产丝绸

中华元素

之江风物

共同赋予杭州亚运会

独一无二的深厚底蕴

是啊

无论是从 "江南忆" 中

走来的吉祥物

还是从 "淡妆浓抹总相宜" 中

取材的亚运色彩系统

无论是由丝绸刺绣

制作而成的动画宣传片

还是融入互联网符号的

亚运会口号

借助亚运会

源远流长的中华文化

有了新鲜的表达

婉约清丽的江南情致

有了时代的呈现

薪火相传

活力迸发

魅力无限

江南之韵

书写文化自信

人文之美

融合亚运之魂

以会兴城

人文经济蓬勃发展


那是人们对杭州亚运会

参与度和获得感高涨的时刻

那是一个四海宾朋以亚运为媒

深度邂逅人文浙江的时刻

江南美学触手可及

非遗文化俯拾皆是

亚运会的一条中华文化脉络

呈现在人们面前

杭州亚运会实现了

国际级别和科学办赛的高标准

亚运氛围和精神弘扬的软落地

社会效益和经济效益的双丰收

留下了宝贵的亚运遗产

留下了难忘的亚运记忆

尾
声

## 未来杭州

一周年

后亚运

新时代

同一片大海和天空

同迎着黎明和繁星

同样的向往和憧憬

同圆我们的一个梦

……

这个梦

过程无比幸福

这个梦

经历无比圆满

这个梦

小酌一口很甜蜜

这个梦

抚摸一下很美好

这个梦

收藏一回很珍贵

这个梦

品味一次很陶醉

涓滴成海

奔涌成潮

潮是钱塘江的记忆

潮是亚运会的跃动

潮是浙江省的精神

潮是新时代的脉搏

潮起钱塘江

中华民族

传统文化

绵延千年

薪火相传

潮涌新时代

泱泱中国

自信包容

旧邦新命

创造奇迹

潮声在回荡

杭州发展

从容豪迈

大步向前

未来已来

办好一个会

提升一座城

心心相融

爱达未来

亚运盛会

从申办

到筹办

再到举办

八年奉献

八年艰辛

八年努力

杭州发生巨变

杭州茁壮成长

杭州博大包容

人们共同见证杭州的美好

举办后

又一年

杭州人民

更加友善

更加自信

更加豁达

更加谦恭

更加宽容

之江大地

经济更有活力

社会更加和谐

生活更加富裕

产业更加发达

人文更加兴盛


连接过去与未来

贯通现实与梦想

杭州亚运会的成功举办

让杭州站在发展的

新起点上

杭州努力奋斗

铸就体育辉煌

铸就城市荣光

亚运余温尚存

杭州未来已来

杭州拥抱开放

杭州锐意改革

杭州日新月异

杭州城市蝶变

杭州跑出了

高质量发展的

加速度

杭州点燃了

共同富裕示范区建设的

强引擎

杭州按下了

中国式现代化先行的

快进键

透过杭州可以感知中国

透过杭州可以了解世界


未来杭州

是一座智慧名城

正是这场智慧化的体育盛会

让每位参赛运动员

让每位观赛游客

都能从中探寻出

未来杭州"智慧名城"的雏形

那是能化身"导游"的

智能服务机器人在穿梭

那是能转向能"对答"的

智能引路牌在指引

那是能让游客

边观景边给手机无线充电的

智能座椅在供电

一个个智慧场景

快捷高效地应用

一项项创新技术

智慧作用在发挥

一项项创新举措

让世界为之赞叹

让人们大开眼界

亚运会开幕一年来

更多绿色低碳智能服务

从体育赛场

延伸到市民生活中

亚运场馆

全部面向社会开放

普惠于民

激发全民健身的热潮

系列城市

建设改造

环境治理

交通提级

完善场馆设施

织密交通网络

拉近民众距离

精细治理扮靓城市风光

背街小巷智慧保障提升

老旧小区改造重获新生


如今

在浙江

在杭州

更多的科技创新

更强的智能制造

更广的应用场景

更高的计算效率

飞入寻常百姓家

人们热烈拥抱数字化浪潮

阔步迈进智能化时代

向中国式现代化

新征程出发

全面布局实验室建设

全面打造技术创新中心

以科技创新塑造

浙江发展新优势

以浙江经验杭州模式

为中国式现代化先行者的

新定位贡献力量

以干在实处、走在前列

勇立潮头的精神

为"奋力谱写中国式现代化浙江新篇章"

新使命破浪前行


杭州

是一座善城

杭州亚运会留下的精神力量

长久滋养着这片丰饶的土地

亚奥理事会 45 个成员

杭州亚运会大团圆

跨越国与国的界限

与亚洲　与世界

相互交融

相互成就

同住一个地球村

人类命运紧相连

面对世界

百年未有之大变局的加速演进

面对战争的阴云

唯有书写

和平团结包容的

时代新篇

人类才能永远向前

获得更加美好的未来


和平之声

贯穿亚运历史

团结之路

传递信任尊重

包容之举

走向美好未来

相知无远近

万里尚有邻

与邻为亲

与邻为善

求同存异

和而不同

国之交在于民相亲

民相亲在于心相通

心心相融

爱达未来

城市文明之路

越走越宽广

山海相连

人文相亲

心连心

手牵手

肩并肩

人类命运共同体

越连越紧密

善城之善

是健康的个人心态

是积极的精神状态

是良好的城市业态

是优美的环境生态

是文明的社会形态

潮水不停步

潮声在回响

弄潮儿向涛头立

杭州踏上新赛道

在高质量发展中
奋力推进
共同富裕先行
省域现代化先行

未来杭州
是一座温暖名城
开放的亚运之门背后
是人民至上的办赛初心
是以人为本的生动实践
是以人民为中心的重要指向
杭州自古就有
"上有天堂，下有苏杭"的美誉
而温暖名城则是杭州向世界
诠释"人间天堂"魅力的
新标志

温暖名城
是体育赛事场馆
赛前向社会开放
让千万人
提前享受亚运"惠"

带来的幸福感

温暖名城

是体育赛事场馆

赛后将亚运红利

与人民群众美好生活

紧密结合

带来的获得感

温暖名城

拥有杭州的美景

温暖名城

拥有西湖三月天

温暖名城

拥有"史上最温暖的图书馆"

温暖名城

拥有宜居的居住环境

温暖名城

拥有西湖女子巡逻队

温暖名城

拥有"一老一小"公益服务

温暖名城

拥有杭州百万志愿者

温暖的笑脸

温暖名城

拥有遍布杭州各地的

文化体育场所

温暖名城

拥有全世界最完善的

免费公共自行车系统之一

温暖名城

代表着杭州"合异求同""美美与共"的

神奇力量

中国式现代化的重要一环

未来杭州的人文温度

高品质的精神文化生活

勾勒出

共同富裕和现代化的

社会壮丽图景


未来杭州

是一座奋进名城

因亚运而进步的是社会

因亚运而幸福的是人生

因亚运而成长的是城市

因亚运而伟大的是国家

伟大事业

孕育伟大精神

伟大精神

推进伟大事业

虽然亚运之战

杭州取得了胜利

但是面对未来

杭州仍以归零的心态

去努力拼搏

去竭诚奉献

去接续奋斗

去积极进取


亚运是杭州向亚洲向世界

学习的课堂

成功举办亚运会

是对杭州文明成果的检阅

奋进的杭州

在兼收并蓄中学习真谛

在广泛交流中博采众长

高质量发展

是新时代的硬道理

是全面建设社会主义

现代化国家的首要任务

天地之间著华章

奋进名城有力量

奋进的杭州戴上亚运

这个奔向未来的助跑器

正为中国式现代化先行

凝聚勇气和力量

发展成就令我们骄傲

真正强盛来日方长

杭州这般奋斗不止

杭州在远航

未来杭州

是一座"赛""会"名城

亚运开幕一年

滨江的奥体中心"大小莲花"

萧山区的体育中心场馆群

上城区的体育中心综合馆

西湖区的黄龙体育中心体育场

......

一场场体育比赛

一场场演唱会

一场场博览会

如约而至 档期满满


杭州不仅成功举办了

一届亚运会

杭州还"以赛养馆"

把亚运会留下来的场馆

办赛经验和各项资源用足用好

大力发展

体育业

演艺业

会展业

以馆兴城

以馆促产

以馆惠民

培育新的消费增长点

打造国际"赛""会"名城

不断提升杭州的城市美誉度和影响力

既满足群众的体育观赛需求

又为城市带来经济效益

未来杭州

是一座国际名城

当"数字火炬手"暖心告别

隐入天际一周年后

当开幕式主题歌曲

欢声笑语萦绕耳畔一周年后

当杭州收获

世界各国热情与点赞一周年后

国际名城杭州

印证了国际友人的判断

亚奥理事会官员盛赞

杭州亚运会是有史以来

最好的亚运会之一

乌兹别克斯坦友人坦言

杭州是一座高水平的城市

人民很好客

老挝朋友认为

杭州就是名副其实的

人间天堂

是啊

当今的杭州已成为

中国向世界全方位立体式

展现"中国之治"的一扇窗

城市设施飞速升级

城市文化加速繁荣

城市文明迅速提升

综合承载力增强

城市辐射力增强

杭州地铁

高速公路

城市快速路

高铁站

机场扩建

换挡提速

城市空间格局深度优化

杭州从"西湖时代"

加速迈向"钱塘江时代"

区域空间不协调得到改善

产业布局不合理得到优化

人口密度不均衡得到缓解

空间规划不完善得到调整

形成与国际大都市

相媲美的空间格局

杭州的人文价值底蕴

得到充分的彰显和表达

杭州现代化产业体系

得到积极开拓和优化

国际人才数量快速增长

国际交流频次稳步提升

国际通达程度迅速改善

国际化城市短板被补齐

杭州现代化进程

加速推进

国际化水平

城市品质

产业开展

实现超常规跃升

一周年

看未来

杭州以梦想为帆

杭州以奋斗作桨

共绘城市国际化新画卷

共创亚洲大家庭的新希望


后亚运时代

凡身临其中

都可以亲身感受到

一个大国的高度自信

一个强省的"重要窗口"

杭州向全世界展示一个

真实的立体的

国际化的城市

孕育她的土壤

是中国特色社会主义制度

给予她的力量

是习近平新时代中国特色社会主义思想

支撑她的信心

是高质量发展建设

共同富裕示范区

透过杭州看浙江

透过浙江看中国

杭州这个城市

就是

绿色的

智能的

简约的

文明的

中国这个国家

就是
可信的
可敬的
可亲的
可爱的

# 后　记

我曾经计划写一本关于杭州亚运会的文学作品，也曾经尝试过，犹豫过，有过激情的开头，也有过遗憾的放弃，这个过程还是有些痛苦的。那么，又是什么促成了这首叙事长诗的诞生呢？

原因有三。一是朋友的启发。在与宣传部门的朋友交流农村共同富裕这个话题时，我了解到，杭州第19届亚运会办得很成功，但他们感觉，亚运会是全省乃至全国的重大活动，仅是打造亚运会品牌、推动后亚运发展，总归有些不过瘾。截至目前，他们没有看到关于杭州亚运会的文学作品出版，表示很可惜，认为很有必要出版一些这方面的书。二是伙伴们的鞭策。我们服务保障杭州亚运会开闭幕式的伙伴，虽然不是从申办就开始参与其中的，但从杭州亚运会开闭幕式指挥中心成立起，我们就和其他亚运人一起，"五加二""白加黑"，甚至更忙碌，说是闻鸡起舞、披星戴月亦不为过，我们在筹办承办中结下了深厚的友谊，伙伴们都在鼓励我鞭策我为杭州亚运会写一些文学作品，记录一下这个我们人生中十分有意义的参与过程。三是参与时的初心。2022年3月参与亚运会开闭幕式服务保障工作时，我想写一部报告文学作品——《亚运，杭州时间》，并为此搜集了几十万字的素材，拟写了5000余字写作提纲。后来杭州亚运会推迟，我们又返回原岗位。我们还要兼顾亚运会开闭幕式相关工作，待到2023年2月再集结"大莲花"后，服务保障亚运会开闭幕式筹备工作进入了攻坚阶段，过程十分艰辛。我很难抽出创作时间，只好就此放下这个念头。

朋友的启发成为我写作的方向，伙伴的鞭策化为我写作的动力。我决定遵从自己的初心，重新开始写作。翻开原来的提纲，我发现报告文学的思路显然已经不适合当前，于是便决定调整思路，采取叙事诗歌的形式，选取亚运会开幕一周年的时间节点来描写亚运会。

关于诗歌，我过去未曾涉及。既然是尝试，我就大胆一回，写首长篇。其实，尝试写这首诗也不是没有底气的。这份底气来自一些熟悉的诗人的培养熏陶和手把手的指导，这份底气来自我亲身参与杭州第19届亚运会重大活动的深刻感悟。

关于诗名，一方面缘于亚运会开幕式"潮起亚细亚"这个主题。国风之潮、自然之潮、科技之潮、体育之潮、数字之潮，潮声是天地的呐喊，潮声是时代的强音。另一方面缘于杭州高级中学钱江校区东门前的那条潮声路。这所距离钱塘江最近的学校是我女儿的母校，女儿读书这几年，接送女儿上学放学是我最快乐的事，时间充裕时，我会从潮声路穿过之江东路，在钱塘江大堤上行走，目睹钱塘江大潮呼啸而过，聆听钱江潮声的巨大回响。在书中，我主要对亚运会进行论述，但有时包含了对亚残运会的论述，并通常将其包含在亚运会中，只有在需要特别对亚残运会进行强调时，才单独对其进行论述。

中国作家协会会员、诗人许春波先生经常鼓励我这个写诗的新兵，在我邀请他拨冗为本诗作序时，他欣然接受邀请，他的指导帮助，让我有一种"醍醐灌顶"般的收获；杭州市书法家协会副主席牟建闽先生为本诗题写了书名；资深媒体人、我的好朋友好兄长肖福恒先生为本诗专门发来了推介语。在这里，向他们表示衷心的感谢。

这首诗的出版，浙江大学出版社和杭州市西湖区档案馆给予了大力的支持，他们从策划到编辑，付出了辛勤的劳动，向他们表示衷心的感谢。

写作过程中，杭州亚组委领导，还有亚组委办公室、宣传部的同志在采访和资料提供上给予了大力支持，金伟、杨正宇、许君波、钱振宇、童佳琦、卢潇等一起参与过亚运会开闭幕式保障工作的领导和朋友非常关注我的写作，为写作提出了很多宝贵意见，我都吸收到诗中；杭州市摄影协会主席张友国先生提供了大量精彩的亚运会图片。在此向他们表示衷心的感谢！

我深知，写诗的路还很遥远，我将努力把自己融入诗中，用心去读诗、去写诗，去修行、去感悟。

孔一

2024 年 7 月 20 日